INHUMAINES

Philippe Claudel est écrivain, dramaturge et réalisateur. Il est notamment l'auteur des *Âmes grises* (prix Renaudot 2003), de *La Petite Fille de Monsieur Linh* (2005), du *Rapport de Brodeck* (prix Goncourt des lycéens 2007), de *L'Enquête* (2010), de *L'Arbre du pays Toraja* (2016) et d'*Inhumaines* (2017). Ses principaux romans sont traduits dans le monde entier. Il a réalisé quatre films : *Il y a longtemps que je t'aime*, qui a reçu deux César, un BAFTA et deux nominations aux Golden Globes, *Tous les soleils*, *Avant l'hiver* et *Une enfance*, sacré meilleur film au Festival de Chicago.

PHILIPPE CLAUDEL

de l'académie Goncourt

Inhumaines

roman des mœurs contemporaines

STOCK

© Éditions Stock, 2017.
ISBN : 978-2-253-07395-6 – 1re publication LGF

L'homme est un risque à courir.

Kofi ANNAN

I

Plaisir d'offrir

Hier matin j'ai acheté trois hommes. Une tocade. C'est Noël. Ma femme n'aime pas les bijoux. Je ne sais jamais quoi lui offrir. La vendeuse me les a emballés. Ce n'était pas simple. Ils résistaient un peu. Sous le sapin, ils prenaient de la place. Nous n'avons pas attendu minuit. Pourquoi trois. Un pour chaque orifice. Très drôle. Ma femme n'avait pas l'air heureux. Tu sais bien que je ne pratique plus le sexe multiple. J'avais oublié. De cela aussi nous nous sommes lassés. Moi-même j'ai perdu le goût. Il y a un an j'ai été tenté par la castration chimique mais les effets secondaires m'ont fait renoncer. Je me suis inscrit dans un club de bridge sur les conseils de Legros. Je joue tous les jeudis. Passablement. Je suis également membre d'un club de vin. J'ai une belle cave. Mais de cela aussi je me lasse. Rouge ou blanc le vin n'est que du vin. Et la vie reste longue et lente. Nous avons mangé la bûche. Un peu. Je cale vite. Les voisins recevaient. Il y avait du bruit, de la musique, des rires. Comment font-ils pour rire encore. Les trois hommes enchaînés au pied du sapin nous observaient en silence. Pourquoi un Noir. Pourquoi pas. Ma femme a haussé les épaules. Elle est montée se coucher. Je ne pouvais pas laisser les hommes dans le séjour. J'ai tenté de leur parler. De leur dire de me suivre. Ils n'ont pas bougé. J'ai essayé de les lever. Ils ne voulaient pas se laisser faire. Ils refusaient de marcher. Je les ai traînés dans le garage. Je les ai ligotés à l'établi. J'ai rejoint ma femme. Elle dormait déjà. J'ai rêvé que je faisais de la voile. C'était doux. Léger. J'aime le parfum de la mer. Le son des vagues. Leur doux clapotis contre la coque. Les élégantes mouettes. Ou peut-être était-ce des cormorans. Je ne suis pas un spécialiste. Le réveil a été difficile. Comme toujours. Le jour de Noël est un des plus creux de l'année. À lui seul il résume toute la stupeur de l'existence. Ma femme est partie peu après le déjeuner en visite dans sa famille. Elle ne m'a pas reparlé des hommes. Je suis allé les voir. Ils n'avaient pas bougé. Ils m'ont regardé d'un œil sombre. Vous l'aurez voulu. Si vous aviez été un peu plus sympathiques et davantage coopératifs on n'en serait pas là. J'ai pris une pelle. J'ai creusé un grand trou dans le jardin, sous le bouleau. Cela m'a pris trois heures. Je n'ai pas vu le temps passer. L'effort physique présente des avantages. Il supprime toute forme de pensée. J'ai fait basculer les hommes dedans. Je les ai recouverts de terre. Ils gémissaient mais leurs plaintes se sont bientôt étouffées dans la terre. J'ai fini par ne plus les entendre. Cela m'a rappelé certaines scènes de récits historiques, mais je ne suis pas parvenu à me souvenir lesquelles. Ma mémoire est exténuée. J'ai acquis cinq ordinateurs dont les disques durs ont une infinie capacité de stockage. À quoi bon se souvenir. Les machines sont là pour ça. J'ai tassé la terre. J'ai remis la pelouse. Ma femme est rentrée. Qu'as-tu fait. Un trou. Où. Dans le jardin. Pourquoi. Pour y mettre les hommes dont tu ne voulais pas. Tu l'as bien rebouché j'espère. Va voir si tu veux. Demain peut-être. Ce soir je suis fatiguée. Moi aussi. Nous avons terminé l'oie, le champagne et la bûche. Puis nous nous sommes couchés. Tôt. Je sentais mes muscles endoloris. C'était doulou- reux mais agréable. Je me suis très vite endormi. Comme un bébé.

II

Transhumanisme

Il y a une semaine j'ai entendu des pleurs dans les toilettes de l'Entreprise. Qui duraient. J'ai attendu. Je me suis savonné les mains longuement. Je voulais voir le visage du malheur. Il a fini par apparaître après avoir tiré la chasse. C'était Bredin du service import. Nous nous connaissons depuis trente ans. Nous avons débuté ensemble. Que t'arrive-t-il. Tu ne devineras jamais. Son visage était trempé de larmes. Cela lui allait bien. Il était plus beau ainsi. Luisant. Humide. Mon sexe disparaît. Que racontes-tu. Regarde. Il a débouclé sa ceinture, baissé sa braguette, fait tomber son pantalon sur ses chevilles et baissé son slip. Je n'avais jamais rien vu de tel. Au bas de son pubis, là où sa verge aurait dû apparaître, la chair était plate.

Seules les bourses étaient présentes, grosses de deux testicules recouverts d'une peau fripée et brunâtre. Totalement épilée. Son sexe avait bel et bien disparu. Quand cela a-t-il commencé. Je ne sais pas. Je ne regarde jamais. C'est douloureux. Pas du tout. Et pour uriner comment fais-tu. Je n'urine plus. Je n'en ressens plus le besoin. Je sue. Abondamment. Je pleure aussi. Que dire. Je n'ai rien dit. Nous sommes restés en silence tous les deux, nos regards baissés vers le sexe absent de Bredin. Il a soupiré et a remonté son slip. Il est sorti. Le sexe de Bredin s'est effacé. Ah. Nous étions au lit. Ma femme et moi. Elle n'a pas levé la tête de son magazine. N'a pas paru plus surprise de ce que je lui annonçais. Tu n'es pas étonnée. Ce sont des choses qui arrivent. Je ne le savais pas. Tu ne lis jamais la presse. Je ne lis jamais la presse. C'est vrai. La presse m'oppresse. Pourquoi les sexes disparaissent. Je ne sais pas. La presse ne l'explique pas. Elle le constate. C'est tout. Bon. Avant d'éteindre la lumière, j'ai soulevé le drap ainsi que mon pyjama. Mon sexe était toujours là. Trois jours plus tard, Bredin m'a supplié de l'accompagner aux toilettes. Impossible je vais à la réunion des chefs de service. Deux minutes seulement s'il te plaît. Son visage était encore trempé de larmes. Deux minutes alors. Regarde. Nous étions dans les toilettes. Il avait baissé pantalon et slip. Plus rien. En effet. Plus rien. Les bourses elles aussi avaient disparu. L'entrejambe de Bredin était parfaitement lisse. Et ton anus. L'anus n'est pas touché. Tant mieux. Oui. Il te reste au moins cela. Je ne vois pas le rapport. Excuse-moi. Je suis maladroit. C'était pour te consoler. Je ne trouve pas les mots. J'ai posé ma main sur son épaule. Bredin n'a plus de testicules. Ah. Ma femme lisait toujours ses magazines. Tu ne trouves pas cela incroyable. Je m'y attendais. C'est la deuxième étape. Y a-t-il une autre étape ensuite. La presse ne dit rien sur ce point. Bon. Les jours suivants, j'ai tout fait pour éviter Bredin et ses larmes. Je n'allais même plus aux toilettes de peur de tomber sur lui. Trois semaines plus tard, tandis que je me rendais à une réunion prospective, dans mon dos une voix joyeuse m'a salué. Bredin. Tu vas mieux. Formidablement. Ton sexe est réapparu. Pas du tout. Alors. Alors c'est ma femme. Ta femme. Son vagin s'est refermé. Non. Si. Tout est lisse aussi chez elle. Les petites et les grandes lèvres se sont comme soudées. Nous sommes identiques. Non. Si. Nous pleurons ensemble. Non. Si. Mais de joie. Bredin s'est éloigné en chantonnant. J'ai tenté d'imaginer ma femme sans sexe. Cela ne m'a pas effrayé. Elle ne s'en sert que rarement avec moi. C'était quand la dernière fois. Je ne

15

sais plus. Machinalement, tout en essayant de me souvenir de notre dernier rapport, je me suis mis à me gratter les testicules. Je n'ai rencontré que du vide.

III

Art contemporain

Les trottoirs de nos villes sont couverts de vagabonds. Auparavant, il y avait des papiers gras, de vieux journaux, des emballages de chewing-gums, des prospectus, des mégots de cigarettes. Nous faisons désormais attention. Nous avons développé une conscience écologique. Nous ne jetons plus inconsidérément nos déchets dans les rues. Nous les trions. Nous les recyclons. Sur nos chaussées ne traînent plus que des êtres sales emballés dans de multiples couches de vêtements nauséabonds qu'ils maculent de vomissures, d'urine et d'excréments. Parfois il en meurt. Surtout en hiver. Mais pas assez. La mort est parcimonieuse. Aboulique. Économe. Paresseuse. Pourtant elle n'a que cela à faire. La mort chôme. On ne s'en rend pas compte tout de suite. On croirait qu'ils dorment car ils dorment toute la journée. Comment faire la différence. La mort se plaît à prendre les visages de la vie. Ce matin je suis allé voir les galeries d'art. La nuit avait été fraîche et splendide. Pleine lune. Températures polaires même au matin. Délice de se promener ainsi dans la ville hivernale, le corps chaudement enveloppé dans une épaisse fourrure après avoir ingurgité un petit déjeuner continental composé de toasts beurrés, d'œufs brouillés, de café, de jus d'orange, de bacon et de vitamines. Je n'avais pas fini les œufs brouillés. Buée sortant des bouches comme des cristaux soufflés dénués de matière. Poésie. Beauté. De temps à autre, je suis encore capable de m'émouvoir. Devant une galerie, quelques personnes étaient arrêtées. En demi-cercle. Au sol il y avait un homme ou une femme, le visage bleu, gonflé, la bouche épaisse, quasiment russe. Tout cela d'une raideur parfaite. Le pardessus était enkysté dans une fine carapace de glace translucide. Irréel et superbe. La main droite du vagabond serrait le col d'une bouteille de vin vide. La gauche disparaissait dans les replis de son vêtement de laine. Le galeriste est arrivé. Un homme pressé. Il a sorti ses clés pour ouvrir son local sans prêter attention au mort. Combien a demandé un amateur contemplatif. Le galeriste l'a regardé. L'homme a montré le corps à terre. Deux cent mille. L'homme a accusé le coup. C'est cher. C'est le prix. Pièce unique. L'artiste. Un des plus prometteurs. Chinois. Dans moins de deux ans il explose. D'accord. Je le prends. L'homme a sorti sa carte. Pouvez-vous le faire livrer à cette adresse. Évidemment. Nous expédions dans le monde entier. L'homme s'est éloigné après avoir salué. Le galeriste est entré dans sa galerie. Il a ouvert le tiroir d'un bureau pour y prendre quelque chose. Il est ressorti. Il a collé sur le front du mort une pastille rouge. Un homme est arrivé en courant. Vendu. Vendu. Flûte. Je n'ai jamais de chance. L'homme semblait désolé. J'arrive toujours trop tard. Je m'en veux. Ma femme va me maudire. Revenez demain. Demain. Demain. Je pense en avoir un autre assez semblable. Pouvez-vous me le mettre de côté. Sans le voir. Je vous fais confiance. Si vous y tenez. Merci infiniment. À demain. Bonne journée. L'homme est reparti en sifflotant. J'ai failli être heureux. Parfois le spectacle de mes contemporains réjouis m'inonde de bonheur.

IV

Mariage pour tous

Morel du service comptabilité a épousé une ourse. Nous sommes allés au mariage. Une imposante cérémonie. Les mariages mixtes se multiplient et ne choquent plus personne. Drôle d'époque. En vérité peu de choses nous choquent. Que faudrait-il pour nous choquer. Je ne sais pas. Que tout le monde s'aime peut-être. Que la paix soit partout répandue sur le monde comme un engrais biologique sur une jeune pelouse. L'ourse était en blanc. J'ai trouvé cela douteux. Ma femme aussi. Comme si elle était encore vierge à son âge. Oui, tu as raison. On se moque de nous. L'ourse était un peu serrée dans sa robe. Une robe de grand couturier. De la confiture aux cochons. Elle grognait de temps à autre. Le bonheur. Le marié semblait aux

anges. Je ne me souviens plus de mon mariage.
C'est loin. Les jours effacent les années. Tant
mieux. Le ciel était bleu. Il y avait des oiseaux
dans les bosquets. La réception se tenait dans un
grand parc. Avec un château. Louis XIII il me
semble. Le rêve des parvenus. La famille de la
mariée se tenait sous les arbres, à l'écart. Arro-
gants. Distants. Négligés. À peine venaient-ils de
temps à autre à deux ou trois se servir au buffet
et repartaient les pattes et la gueule pleines de
nourriture, bavant le saumon fumé, le foie gras,
mastiquant conjointement la mousse d'écrevisse,
la poularde aux truffes et la pièce montée. Il y a
eu un incident. Le prêtre a voulu les saluer. Ils
ont pris cela pour une agression. Ont cru qu'il
voulait leur reprendre l'agneau en gelée qu'ils
dévoraient. Ils n'en ont fait qu'une bouchée. Cela
n'a pas gâché la fête. Un prêtre. Qui s'en soucie
de nos jours. Il en demeure si peu. Un de moins.
On ne les verra bientôt même plus. Entre le zéro
et l'infinitésimal, quelle différence. On a dansé.
Les ours semblent aimer cela. Ils bougent lentement. L'un d'eux a invité ma femme. Ils sont
restés ensemble longtemps. Plutôt doué. Sur des
valses. Des jerks. Des slows. Il sentait fort. Cela
pourtant ne l'a pas gênée. Il dansait bien. Je crois
qu'il a essayé de l'embrasser mais n'a obtenu
que de lui lécher le visage. Son membre était

énorme. Ma femme est pourtant ouverte. Il n'a pas conclu. Je n'étais pas jaloux. On ne peut être jaloux de qui nous est si différent. Nous sommes partis à l'aube. Quelques semaines plus tard, Morel a repris le travail. Il nous a montré les photographies du voyage de noces. Les grands parcs américains. Yosemite. Yellowstone. Colorado. Montagnes et forêts. Lacs aussi. On voyait son épouse pêcher le saumon. Faire la sieste. Monter aux arbres. Fouiller les poubelles du camping. Se pourlécher de miel sauvage. Discuter avec un de ses congénères rencontré près des douches. Et sexuellement. Legros n'y va jamais par quatre chemins. Morel a eu un large sourire. Un feu d'artifice. Une vulve de soie. Douce et tout à la fois musclée. Éternellement huilée. Je m'y vautre. Insatiable. C'est vrai qu'il avait perdu quelques kilos. Veinard. Dumoulin soupirait. Sa femme et lui font chambre à part depuis six ans. Bientôt un enfant alors. Fournier et son art de mettre les pieds dans le plat. Morel n'a pas été choqué. Il était sur un nuage. Nous y songeons mais pas maintenant. Après l'hiver. Pour l'instant elle se repose.

V

Le grand chassé-croisé

Nous partons toujours en vacances au mois d'août. Au même endroit. Un village. Un faux. Un village de vacances. Nous retrouvons tous ceux que nous connaissons. Mes collègues, leurs épouses et leurs enfants. Le village appartient au comité d'entreprise. Il est grand, conçu avec intelligence. On peut y tromper son ennui pendant quelques semaines. Trois en ce qui nous concerne. La mer est là. Bleue. Infiniment chaude. Émolliente. On s'y baigne. On y plonge. On y pêche. On y vogue. On la scrute. La plage est longue. Le sable est fin. Les corps allongés ressentent cette finesse. Ils l'apprécient. Des animateurs du village organisent des jeux pour les petits et les grands. Nous y prenons part avec bonheur ou résignation. Pétanque. Courses en sac. Urologie. Beach-volley. Candaulisme. Concours de châteaux. Les animateurs sont jeunes et musclés. Ils ont d'abondantes chevelures que le sel de la mer blondit par mèches. Ils ont les dents singulièrement blanches. Parfois, derrière une dune, ils s'accouplent avec la femme d'un des vacanciers. Nous sommes quelques-uns à les encercler et à les regarder, un peu en retrait du mari qui filme la scène avec son téléphone portable. Autrefois je le faisais avec notre caméscope. D'autres photographient. Deux ou trois, généralement des nouveaux, se masturbent. Nous nous occupons comme nous pouvons. Ma femme allait jadis parfois derrière les dunes. Je l'y encourageais. Elle n'y va plus. Tu m'ennuies avec cela. Vas-y toi si ça t'amuse. Moi ça ne me dit plus rien. Je connais tous ces animateurs. Il n'y a plus de surprise. J'ai autre chose à faire. J'ai gardé les cassettes vidéo. Dans mon bureau à la maison. Parfois je les effleure. J'essaie de faire naître un regret. Rien ne vient. Ma femme se fait bronzer. Elle remplit des grilles de mots croisés et de sudoku. Pour les hommes, il y a les masseuses. Elles sont exotiques. Ne parlent pas notre langue. Nous les retrouvons dans des cabanes en paille qui sentent les huiles essentielles. Elles sourient toujours, ont les mains douces et le sexe épilé. Les buffets sont copieux mais invariables.

Nous mangeons trop. Nous dormons ensuite dans nos chambres ou sur la plage. Vers cinq heures nous rentrons. Je prends une douche. Ma femme un bain. Elle dispose des bougies sur le bord de la baignoire. Elle se sèche. Passe sur son corps une crème hydratante. Se maquille. Nous nous habillons pour la soirée. Souvent en blanc. Cela fait ressortir notre bronzage. Matières nobles. Lin. Soie. Crêpe de Chine. Le dîner est servi à partir de vingt heures. Les bateaux appareillent à dix-huit. Nous voguons environ une heure. Vers le large. Vers le sud. Chacun est sur le pont. À la proue. Les premiers qui les aperçoivent avertissent les autres. Nous sommes excités. C'est le meilleur moment de la journée. Une barque, deux, parfois trois ou quatre. Grandes et artisanales. Longues et qui peuvent accueillir une dizaine de personnes. Sauf qu'elles en contiennent le triple. Elles débordent. Des canots pneumatiques parfois. Des enfants, des hommes, des femmes, debout les uns contre les autres. Noirs. Serrés. Tellement serrés. Tellement noirs. Des vieillards aussi. Noirs également. Et chaque barque à ras de l'eau. À deux doigts de couler sous leur poids. Ils nous voient. Agitent leurs bras pour nous appeler. Nous aussi nous agitons les bras. Nous nous approchons des barques. Nos bateaux tournent autour d'elles.

De plus en plus vite. Créant d'immenses vagues qui les font ballotter et finissent par les renverser. Nous faisons hourra quand elles chavirent. Nous regardons les corps dans l'eau. Certains coulent immédiatement. D'autres nagent. Ceux qui nagent finissent par couler aussi. Leur agonie est plus longue. Ce ne sont pas les plus chanceux. Nous lançons des paris. Bientôt il ne reste plus personne. Nous gagnons à chaque fois. Ce n'est pas drôle au fond mais cela nous divertit. La mer est de nouveau lisse et tranquille. Sublime. Le soleil s'y fond avec lenteur. Nous rentrons. L'air du large nous a fatigués. Nous parlons peu. Nous sommes pensifs. Mais à quoi pensons-nous. Il est temps de prendre l'apéritif. Suivra le dîner. Chaque jour est identique. Les vacances sont monotones. Mais ce sont les vacances.

VI

Jeu de société

Nous avons inventé un jeu. Il est gai tout en restant simple. Un enfant assimilerait les règles en quelques secondes. On peut y jouer seul, ou à deux, trois, quatre, cinq, voire dix joueurs. Au-delà c'est un peu confus. Le matériel requis est à la portée de tous : un pont, une autoroute, des projectiles. Ces derniers peuvent être des pierres, des sacs-poubelle pleins, des boules de pétanque, des planches, des animaux morts, des sans-papiers, des caddies d'hypermarché. La liste est infinie et le règlement à vrai dire n'en exclut aucun type. Un jour, Puchot du service maintenance a même utilisé un de nos collègues, Dieuleveut, qui pressentait son licenciement et développait des tendances suicidaires. Nous nous donnons rendez-vous sur un pont. Chaque joueur doit être séparé du joueur le plus proche par trois mètres au moins, de façon à ne pas le gêner. Si le nombre de joueurs est important, le premier qui arrive à cinq points est déclaré vainqueur. S'il y a seulement deux joueurs, on emprunte au tennis de table son principe de comptabilité. Le vainqueur est celui qui atteint onze points avec deux points d'écart. Un point est acquis lorsque le projectile lancé par le joueur du haut du pont a non seulement touché un véhicule mais l'a mis hors d'usage. On entend par hors d'usage le fait qu'il s'est définitivement arrêté au maximum dans les deux cents mètres en aval du pont. Parfois, il faut interrompre la partie pour aller mesurer la distance en cas de litige entre deux joueurs. Quand le règlement était encore un peu flou, nous avons eu des discussions sans fin sur le nombre de points à attribuer selon que le véhicule était une moto, une voiture, un camion ou un autobus. Certains prétendaient qu'il était beaucoup plus difficile d'atteindre une moto en raison de sa petite taille ainsi que de sa vitesse et réclamaient deux points par moto. Mais d'autres disaient que la taille ne faisait rien à l'affaire, et qu'il était peut-être plus aisé de toucher un poids lourd mais bien plus difficile de créer un impact suffisant pour que celui-ci soit définitivement arrêté dans la limite des deux cents mètres en aval. Moi, je n'avais pas d'avis. Je refuse de prendre parti. C'est fatigant. J'aime ma lâcheté. Elle me berce. En définitive, et en l'absence de toute consigne fédérale puisqu'il n'existe encore aucune fédération, nous avons tranché en disant que chaque véhicule, quels que soient sa nature, sa vitesse, son volume, sa nationalité, vaut un point. Nous jouons souvent. En été. Au printemps. Les jours de grands départs sont fabuleux, mais les règles sont un peu pipées tant il y a de véhicules, et ceux-ci roulent si lentement que même un aveugle pourrait en toucher un et l'anéantir. Nous avons nos champions, Brognard du service contentieux et Legros. Ce sont eux qui ont le plus de points au compteur et qui se sont distingués par les exploits les plus notables. Brognard en détruisant un autobus de touristes hongrois avec une simple agrafeuse hors d'usage. Celle-ci, habilement lancée, a fait exploser le pare-brise, obligeant le chauffeur affolé à donner un déplorable coup de volant à gauche qui a précipité l'autobus contre une pile du pont. Nous avons senti le choc jusque dans nos estomacs. Legros quant à lui a pulvérisé une moto qui roulait à deux cent dix kilomètres-heure avec une vieille photocopieuse dont le toner ne durait pas deux jours. Lorsqu'il fait doux, nos épouses se joignent à nous. Nous organisons un tournoi féminin. Leur niveau n'atteint jamais le nôtre. Je ne comprends pas pourquoi. Nous apportons aussi un barbecue. Ce sont de bons moments. Conviviaux. En plein air. Nous buvons du rosé très frais. Nous espérons que jamais le professionnalisme, détestable gangrène, ne viendra corrompre notre discipline. Nous sommes des amateurs et entendons bien le rester. Je sais que certains envisagent d'autres terrains de jeu. Des ponts enjambant des lignes de train à grande vitesse notamment, voire des aéroports. J'y vois là une dérive préoccupante. Si nous glissons sur cette pente, nous risquons de perdre le bel esprit des origines. Mais la nature humaine est ainsi faite qui ne se contente jamais de ce qu'elle a.

VII

Sciences de l'éducation

Notre enfant est en pension. Loin. Il ne rentre à la maison qu'une fois par trimestre. Ce qui fait qu'entre-temps je l'oublie. Ma femme aussi je crois. Tiens tu es là. Oui. Déjà. C'est la fin du trimestre. J'avais oublié. Tu avais aussi oublié de venir me chercher à la gare. Oui, puisque je t'avais oublié. Oui. Bon. Et tu vas bien. Après quelques jours, je m'habitue de nouveau, mais le premier soir est un peu difficile. J'hésite même parfois sur son prénom. J'ai des trous. Éric. Julie. Benoît. Ou Sophie. Du coup, je ne l'appelle pas. Je dis mon grand. Ça va mon grand. Ou ma grande. Oui. Quoi de neuf. Rien. Ton école. C'est un lycée. Déjà. Oui. Formidable. Et que faites-vous. Un peu de tout. Papa. Cela me fait drôle quand il m'appelle papa. Je n'arrive pas à m'y faire. Papa. Oui. Nous traitons de l'extermination des Juifs. Encore. Ma femme et moi avons dit le mot en même temps. Oui. Encore. Tous les ans c'est la même chose. Oui. Ce n'est plus une extermination, c'est un refrain. Nous rions. Ma femme et moi. Notre enfant non. Vous n'êtes pas drôles. Des millions d'êtres humains sont morts dans les camps. Oui, bon. D'accord. Mais c'est vieux. En plus on n'est pas sûrs. Mange ton poulet. C'est bien le poulet que tu aimes. Je l'ai fait pour toi. Non. Je ne mange jamais de viande. Ah bon. Depuis quand. Depuis mes six ans. À cause des allergies. Tu ne te souviens pas. Ma femme dit non et me regarde. Moi non plus je ne me souviens pas de cette histoire d'allergie. Passons. Et les Juifs. Y avait-il des Juifs allergiques au poulet ou à autre chose. J'essaie de m'intéresser mais au fond je m'en fiche. Des Juifs ou du poulet. Legros qui est un passionné d'Histoire m'a toujours dit que l'Holocauste est une invention de Hollywood. Beaucoup de Juifs y travaillent. Le cinéma leur appartient. Je ne vais jamais au cinéma. C'est un art d'un autre siècle. Peu fécond. Limité. Je préfère la marche à pied. L'épreuve du réel. Un jour nous avons mangé un Juif chez Leroux qui s'occupe du secteur Moyen-Orient. Il l'avait ramené d'un voyage d'affaires. Caché dans sa valise. Le Juif aime voyager.

Comme le Noir. L'Arabe. L'Albanais. Le Réfugié de tout poil. Bateaux. Trains. Vieille tradition. Il l'a engraissé au grain pendant quatre mois dans sa cave puis on l'a cuit à la broche. Pas mauvais mais rien de renversant. Avec un rioja espagnol c'était correct mais sans plus. Je ne recommencerai pas. J'ai mal digéré. Pour les méchouis, je préfère le Roumain. Le Roumain a un incomparable goût sauvage. Et une grande finesse de chair. Les Roumains, c'est Guichard qui les importe. Il n'a même pas besoin de les cacher dans des valises. Ils viennent tout seuls. Et sinon, à part les Juifs. Nous en étions au dessert. Nous commençons la reproduction en sciences de la vie et de la terre. Bien. Nous devons nous accoupler avec le professeur. Oui et alors. Alors rien. Filles et garçons. Oui. Il est bisexuel. Bonne idée de la part de ses supérieurs qui l'ont recruté. On est évalué immédiatement. Parfait. Et quelle note as-tu obtenu Sophie. Papa. Quoi. Moi c'est Stéphane. Ah. C'est bien aussi, Stéphane, n'est-ce pas chérie. Oui, mais je préfère Sophie.

VIII

Renouvellement des générations

Les vieux sont un problème. Où les mettre. Ils ne se reproduisent pas mais sont tout de même de plus en plus nombreux. Le monde va crever sous le poids des vieux. Et puis des pauvres aussi. Les pauvres, c'est pareil que les vieux. Il y en a de plus en plus. Si tous les pauvres étaient vieux, ça ne créerait pas un surnombre. Mais le problème est qu'il existe aussi des pauvres qui sont jeunes. Et des vieux qui sont riches. Tout cela fait beaucoup. Beaucoup trop. Nous avons été sensibilisés dans l'Entreprise. Un séminaire. Tout un week-end. Qui avait pour intitulé : « Que faites-vous de vos propres vieux ». En Normandie. Dans une vaste propriété appartenant à un couple de comtes. Je veux dire un comte et une comtesse. Il y a deux siècles ils étaient les maîtres. Aujourd'hui ils sont juste hôteliers. Ils nous ont accueillis avec un grand sourire et des courbettes. Comme des serviteurs. Et quand nous sommes repartis, ils ont lavé les draps dans lesquels nous avions forniqué et dormi, et récuré les toilettes dans lesquelles nous avions déféqué. Tout le monde n'a pas eu la chance d'être guillotiné. Le séminaire s'est bien passé. Le thème était sérieux. Les soirées un peu moins. L'organisation avait prévu des divertissements. Concours de belote, loto, initiation à la scarification et au *branding*, badminton, danse country, atelier bondage. Je me suis inscrit dans celui-ci. Il était animé par une maigre sexagénaire laotienne au crâne rasé qui ne riait jamais. Elle ne parlait que laotien. Le seul mot que j'ai retenu est *latex*. Mais ce n'est pas du laotien. Elle m'a ligoté tous les soirs comme un salami. J'ai eu de violentes éjaculations. Au final, le bilan était positif. Les vieux sont un problème. Oui. Nous étions tous d'accord. Ceux qui dirigeaient le séminaire ont tout de même tenu à nous le prouver par A plus B. Statistiques. Graphiques. Pourcentages. Courbes ascendantes. Algorithmes. La conclusion de tout cela était que les vieux étaient vraiment un problème. Mais tout problème a sa solution. On nous a demandé de montrer l'exemple. L'Entreprise se doit d'être exemplaire. J'ai pris beaucoup de notes. Sur ce point comme sur tous les autres. Durand se demandait ce qu'il foutait là. Il est orphelin. Il n'a aucun vieux dans sa famille pour la simple raison qu'il n'a pas de famille. Le veinard. Lepoutre est moins chanceux. Il a encore ses parents, et aussi ses grands-parents et même ses arrière-grands-parents. Moi j'ai ma mère. Je suis passé la voir en rentrant le dimanche soir. Un petit crochet. On n'a qu'une mère. Je suis content de te voir. Moi aussi maman. Tu ne me visites plus guère. Le travail. Je sais. Ta femme va bien. Oui. Et votre enfant. Sans doute. Qu'as-tu fait ce week-end. J'étais en séminaire. Intéressant. Instructif. Le thème. «Que faites-vous de vos propres vieux». Tu as appris des choses. Oui. Regarde. Ma mère a ouvert grand ses yeux blanchis par la cataracte. Je savais qu'elle ne me voyait plus que comme une ombre. Une ombre qu'elle appelait son fils. J'ai pris dans ma main droite la statue de la Vierge qu'elle a sur sa table de nuit. Elle clignote et répand dans l'obscurité une lumière joliment bleutée. La tête est en opaline mais le corps est en bronze. J'ai frappé ma mère sur le haut du crâne avec la statue. La Vierge m'a été d'un grand secours. Violemment. Dix-huit fois. Je m'en rappelle car ce qui m'a donné l'idée du nombre de coups, c'était l'heure affichée sur son radio-réveil. Dix-huit heures. Dix-huit coups. Heureusement que je n'étais pas passé à vingt-trois heures. C'est fatigant de tuer. Même des vieux. Même sa propre mère. À la maison, ma femme m'attendait à table devant un hachis parmentier. Mon plat préféré. Un verre de chardonnay à la main. J'en veux bien un. Je suis crevé. Je te sers. Alors. Alors quoi. Le séminaire. Bien. Tu as appris des choses. Oui. Quoi. Que les vieux sont vraiment un problème. Pas besoin d'aller en Normandie pour l'apprendre. On le sait. Oui. Quoi d'autre. Le bondage aussi. Une amie m'en a parlé. Elle en raffole. C'est bien. Tu me montreras. D'accord. Mais il nous faudra acheter du latex. Je le note. Et dix mètres de cordelette en nylon. D'accord. Sinon. Sinon je viens de tuer ma mère. Ah bon. Pourquoi. Comme ça. Travaux pratiques en quelque sorte. C'est donc cela tout ce sang sur ta chemise. On ne fait pas d'omelette sans casser des œufs. Bien sûr. C'est délicieux. Elle avait quel âge. Quatre-vingt-deux. Tout de même. Oui. Je te ressers. Avec plaisir. Détends-toi. On est bien chez soi. Et si tu passais voir la mienne. Quel âge déjà. Soixante-dix-neuf. Déjà. Eh oui. Le temps passe. Cela lui fera plaisir. Si tu le dis. C'est son anniversaire demain.

IX

Soins palliatifs

Rondin a un cancer. Celui du service prospective. Oui. Cancer de quoi. De tout. Depuis
quand. Quelques mois. Des années. Je n'en sais
rien. Ces choses-là ne surviennent pas du jour au
lendemain. Nous allons le voir jeudi. Qui nous.
Dupond et moi. Vous lui apportez un cadeau.
Pour quoi faire puisqu'il va mourir. Ça se fait.
Ah. Et qu'est-ce qu'on peut bien offrir à un cancéreux. Quelque chose en rapport avec une de
ses passions. Rondin n'était pas à proprement
parler un être passionné. Tu en parles déjà au
passé. Je m'adapte à une situation future. Une
plante verte. Une plante verte. Oui. C'est un
cadeau sans risque. Les hôpitaux sont toujours
sinistres. Contempler une plante verte rappelle
la joie du vivant. En même temps elle ne sent

rien et on n'a pas à la manger, ni à la lire, ni à la boire. Elle ne requiert du malade aucun effort. Tu as sans doute raison. J'ai sommeil. Moi aussi. J'éteins. Éteins. Bonne nuit. J'ai fait un drôle de rêve. J'étais un sexe masculin géant qui marchait dans la campagne. J'allais parmi les prés et les vaches. Je croisais des fermiers. Des animaux sauvages. Sangliers. Blaireaux. Chevreuils. Perdrix. Aucun ne s'étonnait de mon apparence. À mon réveil, j'avais curieusement les jambes lourdes. Nous avions déjà fait trois fois le tour du parking de l'hôpital sans trouver de place. C'est incroyable toutes ces voitures. Où sont tous ces gens. Dupond s'énervait un peu. Il faisait chaud. L'été commençait fort. De quelle taille exactement. Pardon. Le sexe géant. Tu étais grand comment. Comme un arbre. Non. Plus haut que les arbres puisque, à un moment, je m'en souviens en t'en parlant, je traversais une forêt et l'extrémité du sexe dépassait la cime des arbres. Le gland. Oui le gland. Un gland au-dessus de la forêt. Logique. Incroyable. Les rêves. Oui. Les rêves. Tiens une place. Dupond a semblé soulagé. Il s'est détendu totalement en manœuvrant. Son visage turgescent est redevenu pâle. Nous sommes sortis de la voiture. J'avais la plante verte dans les bras. Quelle variété au fait. Je n'en sais rien. Tu n'as pas peur qu'elle soit trop verte.

Tu trouves. Je la trouve très verte. Un peu trop. Mais ce n'est que mon avis. Dupond parfois a d'étranges réflexions. Ton histoire de sexe géant me rappelle un de mes rêves d'il y a quelques semaines. Je sodomisais Legros. Qu'est-ce que cela a à voir avec mon sexe géant. Je n'avais de rapports avec aucune des créatures que je croisais. Pas même le fermier. Non. Ni même un chevreuil. Non. Nous ne nous sommes plus dit un seul mot avant la chambre de Rondin. Le pavillon des cancéreux est un petit bâtiment à trois étages. Pimpant. Des couleurs vives. De grandes fenêtres. Des couloirs larges. Un air de complexe de thalassothérapie. Rondin était dans une chambre aux murs verts. Lui oscillait entre le blanc et le gris. Avec ses draps il était presque ton sur ton. J'ai posé la plante verte sur une petite table. Elle se fondait dans la couleur du mur. On ne voyait que le pot. Trop verte je te l'avais dit. Dupond triomphait. Comment aurais-je pu connaître la couleur de la chambre de Rondin quand j'ai choisi la plante. Alors Rondin. Tu as l'air en pleine forme. Un énorme tuyau sortait de sa bouche. Il n'est parvenu qu'à produire un gargouillis goitreux comme celui d'une vieille canalisation bouchée. Tu as compris. Rondin ou ce qu'il en restait nous regardait avec ses yeux immenses qui occupaient une place scandaleuse dans son maigre visage. Il avait le crâne nu. Plus de sourcils. Toi qui tenais tant à tes cheveux. Hein Rondin. Tes beaux cheveux. Tu te souviens de sa chevelure. Dupond a acquiescé. Et comment. On la lui enviait tous. Et là plus rien. Plus rien. Une vraie boule de billard. As-tu déjà joué au billard. Rondin a levé la main droite vers nous, tremblante, puis l'a laissée retomber. Qu'est-ce qu'il a voulu dire. Je n'en sais rien. Une infirmière est entrée. Grande. Forte. Brune de poil et de peau. Elle a accéléré le goutte-à-goutte de morphine. Elle est ressortie en laissant dans la pièce une très excitante odeur de transpiration. Poivrée. Je parie que tu te la tapes tous les jours. Dupond essayait de détendre l'atmosphère. Nous avons ri tous les deux. Pas Rondin. Il y a eu un silence. Je me suis éclairci la gorge. Dupond jouait avec le goutte-à-goutte. Tu sais que Dupond a rêvé qu'il enculait Legros. Pourquoi lui dis-tu cela. Je ne sais pas. Pour dire quelque chose. Pour meubler. Dupond a paru vexé. C'est comme si je racontais ton rêve de sexe géant. Vas-y. Mais non. En quoi ça intéresse Rondin. Tu as vu son état. Qu'est-ce que tu veux qu'il fasse de nos rêves. Lui-même ne doit plus rêver. Est-ce que tu rêves Rondin. Rondin a commencé subitement à s'agiter. Je crois que j'ai détraqué quelque chose. Dupond bidouillait le goutte-à-goutte.

Quoi. Regarde. Il ne coule plus du tout. C'est malin. C'est surtout mal conçu. Rondin se tordait dans son lit. Il a mal. J'ai l'impression. Attends. J'ai tourné la molette dans les deux sens. Elle est bloquée. Tu crois qu'on appelle l'infirmière. Non. Pas pour une broutille. Rondin geignait et gigotait de plus belle. Regarde-le comme il se trémousse. Tu as encore une sacrée énergie Rondin. Dupond était admiratif. J'ai pris la molette entre mes dents. J'ai serré. Elle a cédé. Le goutte-à-goutte s'est transformé en petit ruisseau fluide. Le corps de Rondin s'est brutalement affaissé. Le bocal de perfusion s'est vidé dans ses veines en moins de dix secondes. Mauvaise qualité. Asiatique sans doute. Quoi. Le goutte-à-goutte. Oui. Regarde Rondin. Quoi. Il ne bouge plus. Ah bon. Et ses yeux. Grands ouverts. Tu as raison. Tu crois que. Pas impossible. C'est bien notre veine. Venir juste au moment où il. Oui. Dans ce cas on peut peut-être le laisser. C'est plus raisonnable. Nous nous sommes dirigés lentement vers la porte. La plante verte. Quoi. Reprends-la. Tu crois. Il n'en a plus besoin. Tu as raison. Un ficus. Ma femme m'a appris le nom quand je suis rentré à la maison. Heureusement que tu ne l'as pas laissé dans la chambre. C'est très mauvais les ficus dans les chambres. Encore plus dans les chambres de malade. Rondin n'est plus malade.

Ah bon. Il est mort. Dans ce cas tu pourras prendre le ficus pour l'enterrement. Pas bête. Et Dupond. Quoi. Son rêve. Quoi son rêve. Tu crois qu'il l'a raconté à Legros.

X

Noël en famille

Nous l'avons attendu des heures. Je n'aime pas les gens en retard. Nous étions invités chez les Brognard. Cette année Brognard avait aussi invité les Dubois. Dubois est nouveau dans l'Entreprise. Il est marié à Gisèle. Une jolie naine blonde à forte poitrine. Nous avions terminé le repas depuis longtemps déjà. Foie gras. Huîtres. Dinde. Fromages. Bûche glacée. Les enfants n'avaient pas voulu rester avec nous devant la cheminée. De toute façon on n'y croit plus. Quelle jeunesse. Ils étaient montés dans les étages afin de s'abêtir avec des jeux électroniques. Nous avions beaucoup bu. Brognard a proposé un strip-poker. En attendant. En l'attendant. Pourquoi pas. Mais avec des gages en plus. La femme de Brognard y tenait. Marie-Jo. Je suis assez doué avec les cartes. Nous nous sommes mis en cercle. Le temps a passé. À minuit et demi, nous étions nus et totalement ivres. On a raté la messe. Merde. Oui. Dubois s'est mis à pleurer. Je ne le soupçonnais pas si croyant. Curieusement je n'avais pas eu de chance. J'avais sans cesse perdu. J'avais dû subir de nombreux gages : lécher les parties génitales de Marie-Jo. Faire une fellation à Brognard. M'enfoncer une bouteille de champagne dans l'anus. Pénétrer Gisèle qui est dramatiquement étroite. On ne peut pas gagner tout le temps. Ma femme quant à elle avait été dans une veine incroyable. Elle avait terminé la partie en gardant ses chaussettes. J'ai entendu du bruit. Tu es certaine. Les naines ont l'oreille très fine. Brognard a failli faire méde-cine. Ah bon. Nous nous sommes rapprochés de la cheminée. Effectivement. On entendait quelque chose. Je pense que c'est lui. Qui veux-tu que ce soit d'autre. Et puis il est tombé. D'un coup. En jurant. Dans un grand nuage de suie et de cendres. Enfin. Pas trop tôt. Cela fait des heures qu'on vous attend. Nous étions tout de même un peu énervés. Mais je crois que c'est sa réponse qui a mis le feu aux poudres. Vous n'êtes pas les seuls. Et alors. Alors quoi. Vous n'êtes pas les seuls. Prenez un autre ton. Pourquoi vous êtes tous à poil. De quoi je me mêle. Dubois a été le plus prompt. Il faut dire qu'il était idéalement placé. Tout près de l'âtre. Il a saisi le tisonnier et a assommé le père Noël. Le reste de la soirée a été beaucoup plus amusant que la première partie. D'ordinaire je n'aime guère torturer. Mais torturer le père Noël, c'est tout de même autre chose. Solidement attaché au grand fauteuil du salon, il s'est révélé une merveilleuse victime. En entendant les cris, les enfants ont fini par descendre. Qu'est-ce que vous faites. On torture le père Noël. Pourquoi. Pour lui faire avouer. Quoi. Des tas de choses. D'où il vient. Où il habite. Si c'est le vrai ou pas. Où sont ses rennes. Combien est-il payé. Qui le recrute. Que fait-il tout le reste de l'année. Y a-t-il une mère Noël. Ma femme piquait ses testicules et sa verge avec une fourchette à escargot. Marie-Jo qui avait fait réchauffer le reste de dinde lui versait l'huile bouillante dans la bouche. Gisèle lui broyait les orteils avec le casse-noix. Quant à Dubois et Brognard, ils s'étaient mis en tête de le scalper avec le couteau à huîtres. Cela ne s'est pas révélé si simple. On veut jouer aussi. Les enfants piaffaient. Je leur ai laissé le chargeur de batterie que je venais d'aller chercher au garage. Ce n'est pas compliqué. Vous avez deux électrodes qui diffusent un courant électrique. Vous mettez chacune de ces deux pinces sur un endroit du corps du père Noël et vous appuyez ici pour lancer une décharge. Comme ça. Oui. Comme ça. Regarde comme il bouge. C'est normal. Le courant électrique stimule directement ses nerfs. Je suis un pédagogue contrarié. On peut recommencer. Oui. Tu peux même augmenter l'ampérage et le voltage si tu veux. Avec ce bouton rouge. Voilà. Tu vois. Il bouge beaucoup plus. Tu m'as fait déraper. Brognard était furieux contre Dubois. Il venait de crever un œil au père Noël. Ce n'est pas grave, il lui en reste encore un. Dubois est pragmatique. Brognard s'est calmé. Au-dehors la neige tombait à gros flocons. J'ai mis un CD dans le lecteur. *Douce nuit, sainte nuit.* J'étais bien. Quelque chose tout de même me gênait dans cette scène apparemment sans défaut. J'ai fini par trouver. La bouteille de champagne. Je l'ai retirée de mon anus. Je me suis senti soudain beaucoup mieux. Je suis devenu rêveur. Nous étions tous réunis. Petits et grands. Enfants et parents. Collègues et amis. Il faisait bon dans la maison. Le feu pétillait dans la cheminée. Les enfants riaient. Le père Noël s'était évanoui. Nos femmes semblaient comblées. Je regardais notre petit monde avec un amour infini. J'aime quand les générations se mêlent et trouvent ainsi une occupation qui les passionne et à laquelle elles peuvent s'adonner ensemble. Les larmes alors me sont venues en songeant à la mystérieuse et immémoriale magie de Noël qui rend possible de tels miracles. Alléluia.

XI

Tout doit disparaître

Qui a mis cette annonce. Bourin. Du service *merchandising*. Oui. Nous étions devant le panneau réservé aux messages personnels. Morel et moi. Il y en avait de toutes sortes. Nos collègues vendaient ou recherchaient des femmes de ménage. Des tondeuses. Des appartements à la montagne. Trois chiots de race épagneule. Un service à fondue. Un jet-ski. Du bois de chauffage coupé en bûches de 50. Deux essaims d'abeilles. Trois Polonais en règle. Un terrain à bâtir. Cinquante voitures miniatures de collection. Un pénis artificiel et ses quatre embouts d'origine, fonctionnant sur piles ou sur secteur. Un pantalon en cuir lavable taille 42. Des œufs frais en provenance directe de la ferme. Et puis Dieu. L'annonce était ainsi formulée.

Vends Dieu. Deux mille ans. État correct. Prix à débattre. Qu'est-ce que vous regardez. L'annonce de Bourin. Ce n'est toujours pas parti. Tu étais au courant. Oui. Guichard nous avait rejoints. Elle est là depuis quatre semaines. Ah bon. Quatre semaines. Oui. Pas de succès. Évidemment. Qui voudrait s'emmerder avec Dieu. C'est fini tout ça. Bourin s'est bien fait pigeonner. Je lui avais dit mais il l'avait quand même acheté. Il est têtu. Quand. Un peu moins d'un an. Qui vendait. Girard du service médiation. Une belle ordure. Il l'a bien berné. Je vous laisse. On doit revoir toute l'organisation de la filière scandinave. Nous avons terminé notre gobelet Morel et moi, les yeux accrochés à l'annonce de Bourin. Bourin. Celui que tu avais invité à l'Ascension. Oui. Lui-même. Ma femme était en train de se faire pénétrer par notre plombier. Pourquoi s'en débarrasse-t-il. Je ne sais pas. Il l'avait déjà tu crois quand il est venu à la maison. Aucune idée. J'ai presque fini. Le plombier s'excusait. Vous ne me dérangez pas. Prenez votre temps. C'est ma faute. Je suis rentré un peu en avance. Il va avoir du mal. Tu parles du plombier. Non. De Bourin. Sans doute. Qui voudrait lui racheter Dieu. Franchement. Et le prix. À négocier. Ça veut tout dire. On pourrait l'avoir pour une bouchée de pain sans doute. Et qu'est-ce qu'on en ferait. Je ne sais pas. Dieu ça peut toujours servir, non. Tu es d'un ringard. Le plombier avait terminé. Il remontait son pantalon. Il a donné une claque sur les fesses de ma femme et puis m'a salué. J'ai entendu sa camionnette s'éloigner. Ma femme était désormais sous la douche. Elle chantonnait. Je me suis assis sur les toilettes. Tout de même, je repense à Dieu. Tu ne crois pas que ce pourrait être une bonne affaire. Une bonne affaire. Oui. Comme la perceuse que tu as rachetée à Leroux l'an passé. Je l'ai eue pour presque rien. Peut-être mais elle n'a jamais fonctionné. Si. Quelques jours tout de même. Tu as une tête à te faire constamment rouler. Elle est là depuis combien de temps cette annonce. Quatre semaines. Et cela ne te semble pas bizarre qu'en quatre semaines, personne ne se soit précipité. Passe-moi la serviette. Oublie. Oublie Dieu. Tu as sans doute raison. Mais oui j'ai raison. Je préfère qu'on investisse dans un nouveau micro-ondes. Il m'a fait mal. Qui. Le plombier. Tu préfères l'électricien. C'est sans comparaison. J'ai séché ma femme et je suis allé dans notre salle de sport faire du rameur. Je repensais à Dieu. Je me demandais où Bourin l'avait stocké en attendant de le vendre. Et puis j'ai fini par l'oublier. J'ai ramé pendant une heure.

XII

Animaux de compagnie

Suivez-moi. Bonnet nous a fait signe. Nous en étions au café. Odette sa femme a gloussé. Je crois savoir où il les entraîne. Tais-toi chérie. Je veux leur faire la surprise. Je déteste les surprises. Elles ne me surprennent jamais. Mais je dois dire que là. Odette nous a fait un clin d'œil. Le sous-sol de Bonnet est on ne peut plus classique. Cave à vin. Salle de sport. Cellier. Établi de bricolage sur lequel il attache Odette lors de soirées de dressage auxquelles nous avons été quelquefois conviés ma femme et moi. Et puis il y a une autre porte. C'est là. Là quoi. Ah ah. Vous êtes prêts. Tu es lourd. Legros s'impatientait. Bonnet a ouvert la porte en nous promettant que nous n'allions pas le regretter. Et nous ne l'avons pas regretté. Un jacuzzi. Pas vraiment.

Regarde bien. On dirait pourtant un jacuzzi. Sans les bulles. C'est vrai. Approchez. Nous nous sommes approchés. Des poissons. Oui. Cinq poissons de tailles différentes nageaient dans une eau trouble. Tu as transformé un jacuzzi en aquarium. Bonnet a ri et sans ajouter un seul mot il a commencé à déboutonner son pantalon. Faites comme moi. Il a baissé aussi son slip. Faites comme moi. Son sexe était long et courbe. Je ne l'aurais jamais pensé aussi long. Je regarde toujours la taille des nez pour deviner la taille des sexes mais ce n'est pas très fiable. J'ai plus de réussite avec les sourcils des femmes. C'est imparable pour connaître la couleur de leurs poils pubiens. Le problème est que la plupart de nos femmes désormais se rasent totalement le sexe. Ou les sourcils. Voire les deux. Allez-y. Bonnet avait déjà les pieds dans l'eau. Legros a haussé les épaules. Qu'est-ce qu'on risque. Il a lui aussi baissé son pantalon et son slip. Son sexe ne m'a pas surpris. Je le connaissais. Ma femme l'aimait beaucoup par le passé. Petit et trapu. Genre bouledogue. Je les ai imités. Nous étions dorénavant tous les trois à demi nus. Nous avons gardé nos chemises. Bonnet s'est assis dans le jacuzzi de façon à avoir les fesses et les jambes immergées. Noyé sous dix centimètres d'eau son sexe paraissait encore plus long et encore plus courbe.

Mais venez bon sang vous ne risquez rien. Les poissons dans un premier temps se sont réfugiés près du bord opposé quand nous avons pénétré dans le bassin. Tous les cinq. Côte à côte. Un peu comme nous. L'eau était tiède. Agréable. Et maintenant. Legros de nouveau s'impatientait. Attendez. Bonnet avait toujours son sourire en coin. Au bout d'une vingtaine de secondes, il y a eu un mouvement chez les poissons. Leur groupe s'est disloqué. L'un, verdâtre et rond, s'est approché de notre hôte qui a légèrement écarté les cuisses. Regardez bien. Nous avons regardé. Le poisson a ouvert grand sa gueule et a gobé le gland de Bonnet qui a fermé à demi les yeux. Toutes nageoires papillonnantes le poisson s'est évertué à avaler le plus possible le sexe de notre collègue qui semblait aux anges. Au même moment, j'ai senti qu'on me chatouillait les cuisses. C'était un autre poisson d'une autre variété, beaucoup plus gros que celui qui suçait Bonnet. Il tentait de saisir mon sexe avec sa gueule mais n'y parvenait pas car j'avais serré les jambes. Détends-toi. Ce ne sont pas des piranhas. La voix de Bonnet avait changé. Plus douce. Aérienne. Son poisson le pompait avec application. J'ai ouvert mes cuisses, libérant mon sexe sur lequel le poisson s'est jeté. Le paradis existe. Par bribes et par instants. Il suffit de trouver les pièces et de les recoudre ensemble. Legros a joui très vite. Le premier. Son côté éjaculateur précoce sans doute. Solange est un peu déçue. Qui est Solange. La tanche qui t'a sucé voyons. Tu leur donnes des prénoms. Oui. On s'y attache. Nous étions en train de nous rhabiller. Et moi. Toi c'était une carpe koï. Tu as eu de la chance. C'est le meilleur. *Le* meilleur. Oui. Robert. Robert. Parce que c'est un mâle. Allons ce n'est qu'un poisson. J'aurais tout de même préféré une femelle. Mais au fond je n'étais qu'à demi gêné. Le plaisir que j'avais ressenti n'avait pas d'équivalent. Aucune bouche féminine ne parvenait à la hauteur de la gueule de ce poisson. Fermeté. Élasticité. Viscosité. Et une énergie sans faille. J'avais éjaculé dans Robert en hurlant de bonheur. Un de mes plus beaux orgasmes. Bonnet et Legros qui avaient joui avant moi avaient d'ailleurs applaudi. La prochaine fois Odette fera faire la visite à vos épouses. Solange raffole des clitoris, tout comme Bérangère et Martial, ces deux barbeaux que vous apercevez dans l'angle. Ils n'ont l'air de rien comme ça mais ce sont des démons. J'espère que ces animaux ne sont porteurs d'aucune maladie. Ma femme avait tenu à examiner mon sexe à la loupe à notre retour. Nous étions dans la salle de bains. Ne crains rien. Bonnet m'a juré qu'ils étaient sains. Se faire

sucer par un poisson, tout de même. Elle paraissait désapprouver. Tu te fais bien pénétrer par les
artisans qui viennent travailler à la maison. C'est
différent. Pas trop. Je me suis allongé sur le lit,
rêveur. Ma femme s'est brossé les dents, puis s'est
gargarisé la bouche. Glouglou. Au fait. Quoi.
Glouglou. Ton frère veut toujours se débarrasser de son grand aquarium. Glouglou. Non. Il
a réussi à le vendre. Ah. Glouglou. Dommage.
Pourquoi. Glouglou. Pour rien.

XIII

Monogamie

Ma femme est morte il y a quelques jours.
Sans prévenir. L'ingrate. Je l'ai remplacée tout
de suite. J'ai pris la même. Pourquoi changer. Le
jour de l'enterrement, je suis venu avec elle. Tous
les collègues avaient fait le déplacement. Durand
s'est approché de nous. Il avait l'air surpris. Je
croyais que ta femme était morte. Oui sinon nous
ne serions pas là. Et elle alors. C'est ma femme.
C'est bien ce que je te dis. Tu n'y es pas. C'est
une autre. Pourtant on dirait ta femme. Bien sûr
puisque j'ai pris la même. Ah bon. Je déteste le
changement. Ils la faisaient encore mais plus
pour longtemps. J'ai eu de la chance. Tu as toujours eu de la chance. Durand est un peu aigri.
Sa femme ne meurt jamais. La cérémonie a été
vite expédiée. On m'a demandé de prendre la

parole pour rendre hommage à ma femme. Je l'ai fait avec des mots sobres. J'ai insisté sur ses qualités. Je n'ai rien dit de ses défauts. Cela ne me paraissait pas approprié. Il était de toute façon trop tard pour les lui faire abandonner. J'ai ajouté qu'elle me manquerait. Qu'elle était irremplaçable. J'ai vu des larmes dans beaucoup de regards. On m'a embrassé. Tapé sur l'épaule. Étreint. J'ai pris la main de ma femme et nous avons suivi le corbillard dans lequel se trouvait le cercueil de ma femme. Nous sommes arrivés au crématorium. J'y étais déjà allé plusieurs fois. Pour d'autres enterrements. Celui de Dumont par exemple qui était mort à la cantine, sous nos yeux, après un stupide pari. Il avait juré qu'il était capable d'avaler une fourchette entière. Nous avions tenu le pari, Legros et moi. L'enjeu était symbolique. Faire de sa femme notre esclave sexuelle pendant deux mois. Dumont a pris la fourchette. Il a ouvert grand la bouche, s'est enfoncé la fourchette dans la gorge. A tenté de déglutir. Sans succès. Puis de recracher. Sans plus de succès. Il est mort en moins de dix minutes dans d'horribles souffrances. On n'a rien pu faire. Il a perdu. On a gagné. Ce furent les seuls mots de Legros. Dumont s'est consumé en un peu moins d'une heure. Sa femme et ses enfants étaient assis dans la salle d'attente du crématorium. Sur des chaises en velours bordeaux. Nous avons gardé le silence pendant toute la cérémonie. Je songeais à la fourchette. Je me demandais si elle était toujours dans la gorge de Dumont ou si quelqu'un la lui avait enlevée. Un peu plus tard un employé a apporté une urne à sa veuve. Puis nous l'avons raccompagnée chez Legros. Nous avions tiré à la courte paille et c'est lui qui avait gagné le premier mois d'esclavage sexuel. J'ai gardé l'urne en attendant. Nous l'avons accueillie le mois suivant. Ma femme et moi lui avons tout fait faire. Sodomie. Urologie. Zoophilie. Dressage. Puis nous nous sommes lassés. On se lasse de tout. Très vite. Nous l'avons renvoyée chez elle. Avec son urne. Cendres et fourchette. Je n'avais pas vu le temps passer. J'avais bien fait de repenser à Dumont. C'était déjà fini. L'employé me tendait l'urne avec ce qui restait de ma femme à l'intérieur. Ma femme m'a pris le bras, les collègues m'ont encore tapé sur l'épaule une dernière fois. Ils m'ont demandé d'être courageux. Nous sommes rentrés à la maison. Où va-t-on la mettre. Quoi. Ta femme. Je veux dire l'urne. Ah oui l'urne. Je ne sais pas moi, dans le garage. Dans le garage. Oui. Où. Sur la dernière étagère en entrant sur la gauche. Là. Oui, à côté des autres.

XIV

Lien intergénérationnel

Tu l'aimais bien pourtant ta grand-mère. Oui. Alors. Alors je n'ai plus faim. Je ne comprends pas l'amour et je ne comprends pas l'ingratitude. Je regrette mais il faut tout finir. Je n'ai plus faim. Un petit morceau. Rien qu'un petit. Regarde. Celui-là. Je n'aime pas le cœur. Ta grand-mère serait peinée si elle t'entendait. Elle qui avait le cœur sur la main. Oui mais là il est dans mon assiette. Ne sois pas ironique. Elle ne m'entend plus. Ce n'est pas une raison. Laisse-le tranquille. Tais-toi. C'est moi le père. C'est moi qui sais ce qui est bon pour lui. Ne pas vouloir manger le cœur de ma mère, je prends cela comme une offense personnelle. Ton fils est un ingrat. Je te signale que c'est une fille. Peu importe. L'ingratitude n'a pas de sexe. Fournier m'écoutait d'un air distrait. Je lui rapportais notre dîner de la veille au soir. Le troisième avec le même menu et il nous en restait encore. Ma mère est interminable. Ne m'en parle pas. J'ai au moins la moitié de mon beau-père au congélateur. Ma femme ne sait plus comment le cuisiner. On a eu droit à tout. Braisé. En sauce. Pot-au-feu. Hachis. Grillades. Daube. Marinade. Boulettes. Brochettes. En gelée. Froid avec de la mayonnaise. Je n'en peux plus. Et je ne te raconte pas le jour où il a fallu manger le foie. Un alcoolique. Tu imagines la dimension du foie. Et le goût sans doute. Le goût ce n'était pas le pire. Anisé. C'était plutôt la consistance qui était difficile. Dure et tout à la fois spongieuse. Cette loi est bizarre. Je ne la comprends pas. Comment a-t-on réussi à nous faire avaler que manger nos morts était plus écologique que de les enterrer ou les incinérer. La politique me rend morose. Dubitatif. Misanthrope. Je m'y intéresse de loin. Je vais certes voter mais je le fais sans conviction. La couleur de ceux qui nous gouvernent ne change plus l'aspect du monde. Je subis. Nous subissons. Et eux aussi. La loi des marchés et celle du climat. L'usure. La tristesse. Ma femme raccompagnait ses amies. On était mardi. Elles se réunissent une fois par semaine. Chez l'une ou chez l'autre. Découverte de son corps. Elles se mettent en cercle. Nues. Jambes écartées.

Elles font des essais comparatifs de verges synthétiques. Elles attribuent des notes. Prennent du plaisir. Puis le thé. Être femme au foyer, c'est bien ennuyeux. Alors. Des découvertes. Oui. Un pénis noir. En carbone. Tiens donc. Exceptionnel. Doux et léger. Immense. Granuleux. Doté d'une intelligence artificielle. Il se dilate et vibre quand il reconnaît la voix de la propriétaire. En plus il parle. Quelques mots simples. *Bonjour. Aimez-vous. Tu la sens bien. Salope. Tu en veux encore. Je vais t'éclater la chatte.* Je croyais que tu n'aimais pas les Noirs. Rien à voir. Nous ne parlons que d'un pénis en l'occurrence. Bien sûr. Que mange-t-on. Ta mère. Encore. On attaque la cuisse gauche. Je l'ai faite au vin blanc. La cuisse. Une partie seulement. Le haut. On en a bien pour dix jours. Et notre fille. Tu veux parler de notre fils. Je croyais que c'était une fille. Il est dans sa chambre. Il révise. Quoi donc. L'anatomie. Bien. J'ai laissé ma femme disposer la table. J'ai ouvert un magazine. Je l'ai feuilleté sans y faire vraiment attention. Je pensais à ma mère. Subitement une idée m'est venue. Un fumoir. Je pourrais installer un fumoir dans un coin du jardin et je pourrais y fumer ce qui reste de ma mère. Jambon. Façon viande des Grisons. Ou Bellota-Bellota. Ainsi on ne serait pas obligés de tout manger tout de suite. La viande fumée se garde des années. Les premiers hommes le savaient bien. J'achèterais une trancheuse professionnelle. Quelque chose de germanique et de rigoureusement métallique. Pour les apéritifs entre amis ce serait idéal avec un vin de Savoie bien frais. Abymes. Chignin-bergeron. Personne ne se douterait qu'il s'agirait de ma mère. Un fumoir. Tu sais que les Guichard ont perdu leurs deux enfants. Non. Pas possible. Si. Quand. Hier. Comment. Renversés par un bus en sortant de l'école. Ce sont des choses qui arrivent. Quel âge. Trois et cinq ans. Ils n'en auront pas pour longtemps. C'est ce que je dis à Jocelyne Guichard. Et puis c'est tendre à cet âge-là. Ça se mange sans faim. Je lui ai donné une recette de cuisson vapeur que je n'ai jamais pu faire. De carpaccio aussi. Ils pourraient essayer en tartare également. Avec ta mère c'était impossible. Une carne pareille. Je te sers. Oui. Merci. Pas trop de gras s'il te plaît. Je regrette mais tu en auras tout de même. Dans ta mère il y avait aussi beaucoup de gras.

XV

Réduction de la fracture sociale

Depuis peu on a parqué les pauvres. C'est bien mieux. Ça ne pouvait plus durer. Dans une société à deux vitesses où les riches passent leur temps à s'enrichir et où les pauvres passent le leur à s'appauvrir, rien ne sert que les seconds soient dans le même espace que les premiers. Il ne pourrait en découler que de la peine et aussi de l'envie. Le gouvernement a agi. Et pour une fois, il a bien agi. On a ramassé tous les pauvres qu'on a pu trouver. Certains ont dû s'échapper mais pour aller où. Dans les bois. Dans des contrées hostiles. Ils n'y survivront pas longtemps. Les pauvres ont été rassemblés dans des stades afin de ne pas les traumatiser. Ce sont des lieux qu'ils connaissent bien, qu'ils affectionnent et qu'ils remplissent souvent pour assister à des matchs de football, leur sport préféré, en buvant des bières. En l'occurrence ils étaient dans les gradins mais aussi sur la pelouse. Ça a dû leur faire bizarre. Et plaisir sans doute d'être aujourd'hui là où se trouvaient leurs héros d'hier. La vie réserve bien des plaisirs à ceux qui savent patienter. Pendant les deux jours suivants, on les a répertoriés et marqués. De façon discrète. Un très léger tatouage sur l'avant-bras gauche. À l'encre bleue. Un simple chiffre. Puis ils ont été entassés dans des trains. Direction les parcs à pauvres. Situés loin. Je veux dire loin de nous. Vers l'intérieur du pays. Dans des espaces désertiques au climat vivifiant. Le pauvre est rugueux. Il est doté d'une étonnante capacité de résistance. Afin de gommer les légères différences et de ne pas faire de jaloux, on leur a donné un uniforme composé d'un joli pantalon et d'une agréable chemise de toile bleus à bandes blanches. Quelque chose de tout à la fois léger, confortable et indémodable. Intemporel. Un basique. À quoi ressemble un parc à pauvres. Je peux répondre. Nous sommes allés en visiter un le mois dernier. Le comité d'entreprise était à l'initiative de ce déplacement. Nous avons bien ri dans l'autobus. Et chanté. *Chauffeur si t'es champion appuie appuie sur le champignon.* Nous avons été hébergés dans un hôtel de charme doté de tout le confort moderne, sauna, hammam, massages, golf dix-huit trous, fontaine à champagne, bar à huîtres, hôtesses asiatiques, dociles et insatiables, mâles centrafricains, ougandais ou kényans disponibles en room service vingt-quatre heures sur vingt-quatre. La soirée fut délicieuse. Ma femme a fait taire sa xénophobie et s'est fait saillir huit fois. Moi j'ai regardé la télévision. Il n'y a que dans les hôtels que je l'allume. Son intérêt m'échappe. Mais je vois des couleurs et des formes qui bougent. Qui parlent beaucoup. Dans une langue composée d'une centaine de mots. Je me suis endormi rapidement. Le lendemain, répartis dans de petits véhicules électriques munis d'un toit ouvrant, nous avons été amenés dans le parc. C'était l'heure du repas. Les pauvres attendaient bien sagement devant leurs dortoirs, de coquets baraquements en bois pouvant accueillir une centaine d'entre eux. On leur distribuait une belle soupe claire ainsi que le quart d'un copieux pain bis. Le directeur du parc qui nous accompagnait nous a précisé que, le soir venu, les pauvres avaient droit au même repas. Ne craignez-vous pas de trop les gâter. La femme de Brognard aime poser des questions. Il est important de créer un lien de respect et de sympathie. Le directeur se faisait pédagogue. Ma femme se bouchait le nez. L'odeur était il est vrai

73

un peu forte. Pourquoi sont-ils pieds nus dans la neige. On leur donne des chaussures sans lacets pour éviter qu'ils ne se pendent, mais ils les perdent tout le temps. Ensuite nous sommes allés sur leur lieu de travail. Une magnifique carrière à ciel ouvert dans laquelle les pauvres sculptent un grand escalier. Nous avons été fascinés devant le spectacle pharaonique de ces milliers de pauvres travaillant de leurs mains, maniant marteaux et burins avec toute leur énergie, à ce chantier monumental. Déjà six cent trente-neuf marches. Où mène cet escalier. C'était Leroux cette fois. Nulle part. On les occupe comme on peut. Ils ne s'en plaignent d'ailleurs pas. Le pauvre est oisif. C'est pour cela d'ailleurs qu'il est pauvre. Le parc a une dimension pédagogique et rééducatrice. J'y tiens beaucoup. Belle idée. Beaucoup d'entre nous, debout dans les véhicules, le torse sortant du toit ouvrant, ont pris des photographies. La femme de Brognard a lancé à des enfants qui portaient de grosses pierres une poignée de friandises. L'idiote. Il est pourtant interdit de donner de la nourriture. Des panneaux le rappellent en maints endroits. Les enfants pauvres ont immédiatement lâché leurs pierres, se sont précipités et se sont à demi écharpés pour les ramasser. L'un est resté au sol. Mort sans doute. La femme de Brognard s'est fait réprimander par le directeur. Puis par son mari. L'ambiance était cassée. Nous avons regagné l'hôtel en silence où un repas chaud nous a été servi. J'avais les joues rosies par le froid et les pieds gelés. J'ai repris quatre fois du porc en sauce. Le vin chaud montait à la tête de ma femme. Elle chantonnait. Il faisait bon. Ç'avait été une journée instructive. Dans la contemplation de la différence on prend conscience de sa spécificité. Le bonheur tient parfois à peu de chose. Le lendemain, au petit déjeuner, Brognard a répudié sa femme. L'incident de la veille ne passait pas. Brognard ne plaisante pas avec les règles. Il l'a jetée hors de l'hôtel. Comme elle vient d'une famille sans fortune, elle s'est retrouvée subitement pauvre. Le directeur a décidé de faire un geste. Il l'a accompagnée lui-même dans le parc.

XVI

Contrôle des naissances

C'est quoi ça. Ça. Oui. Des fœtus. Ils sont à qui. Les trois de droite à ma femme. Les deux autres à ma fille. Ta fille. Des jumeaux comme tu vois. Elle a été enceinte. Oui. Je n'ai pas fait exprès. Je l'ai confondue avec ma femme. Ce sont des choses qui arrivent dans le noir. C'était en plein jour. Ce sont des choses qui arrivent aussi en plein jour. Oui. Je n'aurais jamais pensé que c'étaient des fœtus. C'est vrai qu'on ne reconnaît pas vraiment. Pas du tout tu veux dire. On dirait de vieilles éponges desséchées. Tu ne crois pas si bien dire, un jour je me suis trompé. J'en ai pris un pour laver ma voiture. Tu te trompes souvent. Je suis distrait. Et c'est bon pour les voitures. Totalement inefficace, je peux te l'assurer. Nous étions dans le garage de Dubois. Je lui

77

donnais un coup de main. Il n'est pas très bricoleur. Incapable de réparer un couteau électrique. Passe-moi le petit tournevis. Celui-ci. Non. Le cruciforme. Tiens. Merci. Et toi. Quoi moi. Comment fais-tu. Tu les sèches aussi. Non. Pas du tout. Ma femme est contre l'avortement. Ah. Oui. Un principe religieux. Je comprends. Je le respecte. Alors. Alors elle va jusqu'à terme. Elle accouche à la maison. Je prends le nouveau-né et je le congèle. Directement. Directement. Je ne traîne pas. J'ai peur qu'elle ne s'attache. Les samedis sont des jours étranges. Les dimanches sont noyés d'ennui. On le sait. Les samedis quant à eux sont moins francs. Ils peuvent se révéler dramatiquement plats, encore plus désespérants que les dimanches, ou bien au contraire ponctués de brefs moments de joie. C'était le cas ce samedi-là. Je m'apprêtais à sombrer dans la mélancolie quand Dubois m'a appelé. J'ai un problème avec mon couteau électrique. Il s'est arrêté alors que je m'en servais. Tu veux que je vienne. Ce serait gentil de ta part. J'arrive. J'aime rendre service aux autres. Car j'aime les autres. Profondément. Que serait notre bref passage sur terre si nous ne consacrions pas un peu de temps et d'amour à nos semblables. Je repense à cette histoire de congélateur. Oui. Tu as un congélateur spécial. Non. Un seul. Grande capacité.

Bahut ou armoire. Armoire. Les deux tiroirs du bas sont réservés aux nouveau-nés. Deux tiroirs. Ma femme accouche beaucoup. D'ailleurs ils sont presque pleins. Elle suit les injonctions papales. Elle refuse tout moyen de contraception. Je comprends. S'il te plaît, maintiens le fil électrique comme ceci que je puisse convenablement revisser. Comme ça. Oui. Dubois paraissait songeur. Comment fais-tu quand tu déménages. Je les mets dans une glacière. Mais pourquoi ne pas les jeter. Tu gardes bien les fœtus. Oui. Nos femmes s'attachent. Oui. Parfois la mienne veut les voir. J'ouvre un tiroir. Je les lui montre. Elle pleure. Non. Elle les compte. Tiens je crois que c'est bon. On essaie. Le couteau électrique fonctionnait de nouveau merveilleusement. Bravo. Tu es fort. Nous sommes remontés dans le salon. Sur le fauteuil, étendu, le père de Dubois serrait les dents. On va pouvoir te finir papa. Dubois a branché le couteau électrique. Sa lame a vibré en produisant un son clair, comme une agréable musique de chambre. Métallique. Du Mozart. Enfin presque. La jambe gangrenée de son père était déjà à moitié tranchée quand le couteau était tombé en panne. Dubois a fini le travail en un clin d'œil. Et voilà papa. Tu peux remercier ton ami a hurlé son père en contemplant sa jambe malade tombée sur la moquette.

XVII

Nos chers disparus

La femme de Dumoulin voulait absolument lui parler. Mais Dumoulin est mort. Une mort bête. Très bête. En pleine négociation avec les Chinois. Dumoulin s'est effondré sur la table tandis qu'il était occupé à commenter des courbes de croissance. Le cœur. Les Chinois n'ont pas bougé. J'admire la maîtrise de ce peuple. Ils ont attendu à leurs places, pendant deux heures. Que Dumoulin reprenne connaissance. Ce qu'il n'a jamais fait. Évidemment. Les Chinois n'ont jamais signé le contrat. Superstition. La femme de Dumoulin insistait. J'ai un besoin urgent de lui parler. C'est très important. Très. Bon. Que peut-on faire. Ma femme était perplexe. Tu me poses une colle. Une voyante peut-être. Bonne idée. La voyante s'est révélée une moins bonne idée que prévu. À moins que la voyante n'ait pas été très bonne. Après tout, il y a de bons et de mauvais médecins, de bons et de mauvais garagistes, de bons et de mauvais tueurs en série. Il doit bien exister de bonnes et de mauvaises voyantes. Alors. La femme de Dumoulin attendait un résultat. La voyante caressait sa boule. Vous le voyez ou pas. Je le vois. Mais il ne veut pas parler. Il ne veut pas parler. Non. Et pourquoi. Il ne veut pas donner d'explications. Et si moi je lui parle directement. Non. Tout doit passer par moi et il ne veut pas m'écouter. La femme de Dumoulin était déçue. Et si on essayait le spiritisme. C'est moi qui ai proposé. Pourquoi pas. Vous croyez. La femme de Dumoulin semblait découragée. Qui ne tente rien n'a rien. Nous avons tenté. Le samedi suivant. Tous les trois autour d'une table, et puis Legros en plus. Nous avons posé nos doigts sur un verre à pied retourné, autour duquel nous avions disposé toutes les lettres de l'alphabet ainsi que des chiffres de 0 à 9. On y va. Allons-y. Nous nous sommes concentrés. Soudain le verre s'est mis à bouger frénétiquement et à indiquer des lettres. Je suis là. Je suis là. Le verre parlait. Es-tu vraiment Dumoulin. Je suis Dumoulin. Sa femme n'en revenait pas. Nous non plus. Alors, c'est comment le paradis. Legros a voulu détendre l'atmosphère. Je ne sais pas. Je ne vois rien. C'est tout noir. Je suis seul. Il n'y a pas de son. Il n'y a personne. Tu dois t'emmerder. Un peu. Ça ne passe pas vite. Qu'est-ce qui est censé passer. Je ne sais pas. Je n'en sais rien. J'attends mais rien ne se produit. On m'a sans doute oublié. Le verre avec Dumoulin dedans semblait triste. Moi je ne t'ai pas oublié. La femme de Dumoulin quant à elle n'était pas triste. Le verre a paru content. Il est reparti de plus belle vers les lettres, comme en dansant. Je savais que toi tu ne m'oublierais jamais. Il fallait absolument que je te parle. Moi aussi. Le verre jubilait. J'ai des milliers de choses à te dire. Moi je n'en ai qu'une. La femme de Dumoulin lui a coupé la parole en lui coupant la trajectoire. Où as-tu rangé le service à raclette que ma mère nous a offert pour Noël il y a trois ans. Je le cherche depuis le lendemain de ta mort. Le verre est resté sans voix. Il n'a plus bougé Dumoulin. Tu es encore là Dumoulin. Réponds-nous. Legros parlait dans le vide. Dumoulin ne répondait plus. Sa femme a saisi le verre et l'a lancé rageusement contre le mur. Il a explosé en une pluie fine et cristalline. Il a toujours été un beau fumier. Et un sacré con. C'est Legros qui s'y mettait. Par sa faute on a perdu les Chinois. La femme de Dumoulin s'est levée. À cause de ce salopard je vais être obligée de faire une fondue bourguignonne. Nous avons compati. La fondue bourguignonne c'est bon. Mais la raclette c'est tout de même autre chose.

XVIII

Confusion-acquisition

En face de la tour de l'Entreprise, il y a la tour de la Banque. La Banque finance l'Entreprise et l'Entreprise confie ses bénéfices à la Banque. Les deux tours sont d'égale hauteur. Elles sont très hautes. Elles dominent toutes les autres tours du secteur. Celles des petites banques et celles des petites entreprises. Elles les dominent de beaucoup. Disons que ce sont deux mondes. Le monde de l'Entreprise et celui de la Banque, et celui, subalterne, dramatiquement inférieur, perdu dans les vapeurs rampantes de la pollution humaine, des petites banques et des petites entreprises. Que se passerait-il si une des deux tours s'écroulait. L'autre s'écroulerait aussi. Elles sont trop dépendantes l'une de l'autre. Des tours jumelles en quelque sorte. Oui. Et nous. Nous nous sauterions. Tout tomberait donc. Oui. Tout. Mais il n'y a aucun risque que la Banque ou l'Entreprise se cassent la figure. Non. Enfin pas tout de suite. Pourquoi. Parce que auparavant toutes les autres tours des petites banques et des petites entreprises se seraient écroulées. Ah. Oui. Et notre chute, si chute il y avait, serait amortie par leurs gravats. On aurait donc moins mal. On ne sentirait rien en fait. Les morts seraient en dessous. Ils nous serviraient de matelas. Comme ceux que les pompiers disposent pour que les gens puissent sauter. Qu'est-ce que vous faites. Lepoutre me parle mécanisme financier et démolition. Je peux m'installer avec vous. Bourin n'a pas attendu notre réponse. Il a posé son plateau à notre table et s'est assis. Pour acheter notre bienveillance il nous a offert son céleri rémoulade. Nous en étions pourtant au dessert. Flan caramel pour Lepoutre. Riz au lait pour moi. Vous savez ce qui arrive à la Banque d'en face. Bourin voulait capter notre attention. Non. Elle a été rachetée. Rachetée. Rachetée. Par qui. Par les petites banques du dessous. Non. Si. Ce qui fait que. Tout juste. On ne lui appartient plus. On appartient aux petites banques. Et les petites banques, elles appartiennent à qui. Aux petites entreprises. Je peux vous prendre ce qui vous reste de pain. Merde alors. Lepoutre n'en revenait pas. Tu l'as dit. Ça va changer quoi pour toi. Ma femme se faisait les ongles. Je venais de tout lui raconter. Je ne sais pas. On ne nous a rien dit. C'est compliqué ces rachats. Oui. Peut-être que je vais perdre mon emploi. Ah bon. Et pour nous ça changera quelque chose. Un peu tout de même. On ne pourrait plus avoir le même train de vie. Donc. Donc je serai peut-être contraint de te revendre. Tu pourrais te passer de moi. Je me suis bien passé de toi avant de te connaître, je pense que je pourrais de nouveau le faire. Évidemment. Mais rassure-toi, je ne te revendrais pas à n'importe qui. Ma femme n'a pas levé la tête. Elle a continué à appliquer sur ses ongles de pied un chatoyant vernis vermillon. C'était agaçant ce calme. Cette indifférence à mon sort et au sien. Je me suis mis à méditer sur la fragilité de l'existence et le mystère de ceux qui nous entourent. La nuit qui a suivi, j'ai rêvé que la tour de la Banque d'en face disparaissait du paysage et que je me retrouvais à regarder ce spectacle les pieds dans le vide le plus absolu. Je me suis réveillé en nage. J'ai allumé la lumière. Ma femme dormait. Cette tranquillité dans l'imminence du désastre m'a mis soudain hors de moi. Je me suis levé. J'ai décroché de dessus la

87

commode ma carabine que j'utilise pour le gros gibier. J'ai placé trois balles dans le magasin. J'ai appuyé sur la détente et explosé la tête de ma femme. L'oreiller a pris instantanément la même couleur que ses ongles. Je me suis recouché. Il serait toujours temps d'expliquer plus tard à la police ce dramatique accident de chasse. J'ai trouvé rapidement le sommeil. J'étais plus léger. Presque heureux. Le lendemain, le capitaine qui a pris ma déposition a compati. Il a parfaitement compris qu'il avait été difficile pour moi de correctement viser le sanglier que j'avais pu voir subrepticement traverser notre chambre en pleine nuit. Quelques jours plus tard, à la cantine, tandis que je déjeunais avec Lepoutre, Bourin s'est de nouveau installé à côté de nous. Après quelques considérations sur la météorologie et les tendances nouvelles des arts plastiques, il a formellement démenti la cession de la Banque dont il nous avait parlé. Un faux bruit. Une rumeur des marchés. On m'a trompé. Regardez d'ailleurs, la tour de la Banque est toujours là. Aussi solide et grande que la tour de notre entreprise. Lepoutre et moi nous nous sommes regardés et avons haussé les épaules. Je peux vous prendre votre taboulé si je vous donne ma barquette de concombres. J'ai cédé mon taboulé à Bourin. Je n'aime pas trop la semoule. Je déteste pourtant les concombres. Et Dieu. Quoi Dieu. Bourin mastiquait son taboulé qui avait été le mien. Tu as réussi à le revendre finalement.

XIX

e-commerce

J'ai mis ma femme sur Internet. Il faut trouver une place à ceux qu'on aime. Pourquoi pas là. Dupond y a bien mis son chien. Mets-toi à quatre pattes. Comme cela. Oui. Une autre encore. Écarte davantage tes cuisses mon amour. Bien. Très bien. Ne bouge plus. Voit-on correctement ma vulve. Oui. Et mon clitoris. Voit-on suffisamment mon clitoris. Mais oui très chère je t'assure. Ma femme est d'un naturel inquiet. Et perfectionniste. Clic. Clac. Nous avons varié les positions et les accessoires. J'ai pris 753 photographies numériques en un peu moins d'une demi-heure. Ma femme a passé un peignoir. De crêpe de Chine. La Chine. Je les ai retouchées. Toutes. Presque. Qui sommes-nous. Tais-toi. Je crois que j'ai pris froid. Le carrelage sans doute. La plupart de nos pavillons ont leur sol carrelé. Les cuisines. Les séjours. Les salons. Les chambres. C'est très laid et pratique. Glacial. Un peu comme nous. Nous possédons également deux garages. Tous. Bien que nous ayons souvent trois voitures. C'est important les voitures. Très. Nous y passons une grande partie de nos vies. Alors. Alors je vérifie. Il y en a de très réussies. Tu me montres. Regarde. Ma femme s'est contemplée. J'ai grossi non. À peine. Mes seins. Quoi tes seins. Tu ne trouves pas qu'ils tombent plus que l'an passé. L'an passé. Sur le film que Legros a tourné le soir du nouvel an. Non. Une simple question de cadrage et d'objectif. Et ça qu'est-ce que c'est. Un agrandissement de tes petites lèvres. Incroyable. Oui. On dirait une fleur exotique. Oui. Ou des concrétions calcaires. Oui. On ne se voit décidément jamais comme on est. Ma femme est restée songeuse. Je crois que je vais cesser de m'épiler. Pourquoi. On assiste à un retour du poil. C'est net. Je le constate dans mes magazines. Cela te dérange. Non. Je t'aime glabre ou hispide car je t'aime. C'est beau ce que tu dis. Tu devrais écrire des poèmes. Non. Les poètes meurent fous et alcooliques. Et puis personne ne les lit. C'est vrai. Que comptes-tu faire de ces photographies. J'ai envie qu'on te voie. Comme cela. Oui. J'aime énormément celle avec les bananes.

Je trouve qu'elle possède beaucoup de sponta-
néité, de naturel. De naturel vraiment. Oui. On
ne se promène tout de même pas tous les jours
avec des bananes à cet endroit-là. Tu crois. En
fait je n'en sais rien. Et toi quelle est ta préfé-
rée. Ma femme a réfléchi. Celle avec le grille-
pain peut-être. Pourquoi. Je la trouve élégante.
Elle est allée prendre une douche. J'ai mis les
photographies en ligne. Aussitôt. Le monde est
aujourd'hui infime. Nain. Corrélatif. La planète
est immédiate. Elle peut s'inviter en une fraction
de seconde dans mon ordinateur. Ma femme est
désormais à disposition de plus de six milliards
d'humains qui quelques secondes auparavant
ignoraient tout de son existence. Quel effet ça
te fait. Je ne sais pas. Un léger vertige je crois.
Grosjean me regardait. Nous étions dans l'ascen-
seur en route vers nos bureaux. 38e pour moi. 57e
pour lui. Quoi. Rien. Mais si tu parais ailleurs. Je
pense à ta femme. Pourquoi. Parce que je pense
à la mienne. Tu l'as mise aussi sur Internet. Oui.
Sur un réseau social. Non. Je l'ai mise en vente.
Prix fixe ou aux enchères. Enchères. Elles se ter-
minent demain à vingt-deux heures treize. Grosjean semblait nerveux. Tu n'as pas l'air bien. Je
me fais du souci. Pourquoi. Il n'y a pour l'instant
aucune enchère. Ah oui. Que dire pour consoler un collègue. Nous étions déjà au 29e étage.

Tu sais généralement les acheteurs enchérissent dans les toutes dernières secondes. Ah. Ils ont des logiciels pour cela. Ah. Oui. Morel m'en a parlé mais je ne l'ai pas cru. Tu aurais dû. Si tu le dis. 38ᵉ. Je descends. Moi je continue. Continue bien. Bonne journée. La porte s'est refermée sur Grosjean. Arrivé à mon bureau, je suis immédiatement allé voir sa femme sur Internet. Évidemment. Quoi. Tu ne te souviens plus d'elle. Non. Eh bien moi non plus d'où ma surprise. Arrête de me faire languir. Ma femme se coupait les ongles de pied au-dessus du lavabo. Amputée des deux jambes. Pas possible. Oui. Pas facile à placer. Très facile à placer bien au contraire. Tu la poses dans un coin comme un meuble. Un meuble qui parle. Tu es extraordinaire. Ma femme a parfois des idées sensationnelles. Aïe. Quoi. Je me suis écorché le pouce. Le doigt de pied de ma femme saignait un peu. J'ai pris du coton dans l'armoire de toilette. Tu as mal. Non je réfléchis. À quoi. À la femme de Grosjean. Je m'ennuie souvent dans la journée. Toute seule ici. Tu as tes amants. Je m'en lasse. En veux-tu de nouveaux. Non. Mais si tu m'achetais la femme de Grosjean, le temps passerait plus vite. Et puis il reste une petite place entre la télévision et le living. À côté du ficus. Oui à côté du ficus. Celui que tu n'as pas voulu mettre sur la tombe de Rondin. Rondin n'a pas de tombe. Rondin a été dispersé. Tu veux parler de ses cendres. Ne joue pas sur les mots. C'est un peu juste non. Je crois qu'elle entrerait. Ne bouge pas je vais me connecter pour voir ses dimensions. J'ai allumé l'ordinateur. Grosjean n'est pas sérieux. Il avait photographié sa femme sous tous les angles mais oublié de préciser ses dimensions. Et pas le moindre objet à ses côtés qui aurait pu donner une idée de l'échelle. Rien. On rate des ventes pour moins que cela. Tant pis pour lui. Tant pis pour moi tu veux dire. Ma femme était déçue. Son pouce saignait toujours. Je te rappelle que sa conversation n'était pas d'une grande profondeur. Souviens-toi d'elle au mariage de Morel. Oui mais elle avait encore ses deux jambes. Pas au dessert puisque trois ours les lui avaient bouffées. Je ne vois pas le rapport. Amputée, elle a dû approfondir sa personnalité. Forcément. On se concentre dans des cas pareils. Ah. Et puis tu sais c'était juste pour l'ambiance. Un bruit de fond. La radio ne fonctionne plus. Je te changerai les piles si tu veux. Tu ferais cela pour moi. Bien sûr. Tu es un ange. Sans ailes. Embrasse-moi. Tiens tu ne saignes plus.

XX

Accord parental souhaitable

Mes chers compatriotes je n'en peux plus.
Je regrette d'avoir été élu. Je regrette que vous
m'ayez choisi. Vous auriez dû voter pour l'autre
truffe qui se présentait contre moi. Ça m'aurait
fait plaisir qu'il en bave comme j'en bave. Il le
méritait plus que moi. Jamais je n'aurais dû être
président. Tout cela a fichu ma vie en l'air. Ma
femme m'a quitté. Mon fils a changé de sexe.
Mon chien est mort. Ma mère est toujours en
vie. Je ne sais plus quoi faire. J'aimerais, si ce
n'est pas trop vous demander, que l'un d'entre
vous ait le courage lors de l'une de mes nom-
breuses apparitions publiques de me tirer une
balle dans la tête, dans la nuque ou dans le cœur.
Mon choix personnel serait pour la nuque. Je
ne verrais rien venir et il paraît que c'est radical.

Je le ferais bien moi-même mais je vis constamment entouré de gardes du corps et il suffit que je manipule ne serait-ce qu'un coupe-papier pour qu'ils me l'arrachent des mains. Mes chers compatriotes, comprenez ma douleur. Je rêvais depuis l'enfance de devenir président mais on m'avait donné une image fausse de la fonction. Je ne parviens pas à m'enrichir personnellement. Mon pouvoir de corruption est fort limité. Les juges ne m'obéissent pas et les ministres encore moins. Même mes secrétaires, hommes ou femmes, me refusent les sporadiques fellations que je leur implore. Le moindre petit patron de PME est plus chanceux que moi. Quand je sors dans la rue ou inaugure une exposition, j'entends partout des insultes à mon égard. Je reçois même des crachats. C'est bien vrai que je n'ai absolument rien fait de ce que j'avais promis, mais en ce domaine je n'ai fait qu'imiter les pratiques de tous mes prédécesseurs. Je me verrais bien fonctionnaire de La Poste ou conducteur de train. J'adorais jouer avec ma locomotive en bois quand j'étais enfant. Ma mère peut en témoigner. Mes chers compatriotes, j'aimerais vous dire d'aller vous faire foutre mais la tradition m'oblige à vous présenter mes vœux pour la nouvelle année qui commence. Je vous souhaite donc beaucoup de chagrins, de maladies, de drames, de deuils, d'accidents, de souffrances et de misère pour vous-mêmes et vos familles. Allez tous vous faire enculer. Meure la République, meure la France. Comment l'as-tu trouvé. Mal. Un peu amaigri. Oui mais ça lui va bien. C'est vrai. Et son discours. Correct. Sans plus. Il nous ressert toujours le même plat. Oui. Remarque, plus que deux ans. C'est vrai. Sauf s'il se représente. Possible. Probable. C'est le mieux placé. Ce n'est pas le pire. Tu voterais pour qui toi. Je ne sais pas. Tu avais voté pour lui. Oui. Et toi. Pareil. Tu recommencerais. Sans doute. Je crois que moi aussi. Mais il n'ira pas. Non il n'ira pas. Mais qu'est-ce que vous faites bon sang. Nos épouses se tenaient nues devant nous. On vous attend depuis une heure. On regardait les vœux du président. Vous n'avez pas honte. Oh ce n'est qu'une fois par an. Oui mais c'est tout de même dégoûtant. Comment puis-je être mariée à un vicieux comme ça qui regarde des cochonneries pareilles. Je t'en prie, mesure tes paroles. On y va oui ou non. Nous nous sommes caressées un peu mais ne sommes pas ontologiquement lesbiennes. C'était juste pour patienter. Nous voulons toutes les deux être sodomisées ce soir. Tiens donc, c'est ce que le président nous souhaitait. Ah. On arrive. Le sexe de Legros s'est tendu comme un mât. C'était très beau à observer pareille subite métamorphose. Les enfants sont arrivés dans le salon. Mon érection était plus longue à venir. Puisque vous partez, on peut changer de chaîne. Nos deux femmes se sont observées. Elles nous ont interrogés muettement. Legros et moi avons haussé les épaules. Nos femmes ont mis en garde les enfants. D'accord, mais ne regardez pas n'importe quelle saloperie comme vos pères.

XXI

Le modèle allemand

J'ai accompagné Demange. C'est un nouveau. Il vient d'intégrer le service actionnariat. Demange est timide. Célibataire aussi. Il passe sa vie dans le troisième sous-sol de l'Entreprise. Il n'en sort guère. Il réside en banlieue. Dans la maison de ses parents qui sont morts il y a une dizaine d'années. Peut-être les a-t-il tués d'ailleurs. On n'en sait rien. Cela ne nous regarde pas. Après tout c'est son problème. Chacun dans l'Entreprise respecte beaucoup la vie privée des autres. On pose peu de questions. Demange a parfois une étrange lumière dans le regard. Les paumes moites aussi. Il se dégage de tout son corps une surette odeur de betterave. Il a l'air stupide, et ce qui est incroyable, c'est qu'il l'est véritablement. Parfois, mais rarement, l'être est ce qu'il donne à voir. Je n'ose pas y aller seul. C'est ridicule. Mais c'est comme ça. Fais un effort. Ne veux-tu pas m'accompagner. Si cela peut t'aider. Merci. La vendeuse était assez forte. Grande. Yeux languides. Une peau laiteuse. Une odeur de fermentation et de paille humide. Mon ami et moi voudrions voir les vagins artificiels. Demange a rougi. Rien de plus simple. Suivez-moi, messieurs. Tu vois. Ce n'est pas compliqué. Je n'aurais jamais osé. D'ailleurs, je crois que je n'oserai pas aller plus loin. Ne dis pas de bêtises. C'est un magasin qui vend des vagins artificiels. Elle fait son travail. C'est une vendeuse de vagins artificiels. Un point c'est tout. Je ne suis pas un spécialiste de ce genre de gadgets. Non que je sois opposé à l'idée d'utiliser parfois des objets de substitution. Je suis d'ailleurs favorable à ce que l'administration pénitentiaire mette à la disposition des prisonniers des vagins artificiels et des prisonnières des pénis synthétiques. Ma femme me traite de progressiste. Je suis simplement un libéral charitable. C'est notre modèle le plus demandé. Il a été conçu par un designer islandais. Remarquez la finesse du modelé, la douceur de l'épiderme de synthèse. Il est électrique. Non. Entièrement mécanique. Aucun risque de panne. C'est un avantage. La montée de l'orgasme et son accomplissement ne peuvent être gâchés par un quelconque problème d'alimentation. Évidemment. Demange regardait ses pieds en rougissant. La vendeuse a bâillé. On aurait dit un meuglement. Elle occupait l'espace. C'est pour vous. Non c'est pour mon ami. Voulez-vous l'essayer. Pardon. Je vous demande si vous voulez l'essayer. C'est un achat conséquent. Il est tout à fait normal d'essayer l'objet avant l'achat. Nous avons des cabines où vous pouvez vous isoler. Fais-le toi. Quoi. Demange me suppliait des yeux. Fais-le toi. Tu me diras. Alors. Alors je l'ai fait. Ma femme se massait ses faux seins avec une crème régénératrice. Tu as aimé. Je ne peux pas dire que j'ai détesté. C'est étrange. Si tu regardes l'objet, tu ne découvres qu'une sorte d'appareil qui ressemble à un gros coquillage souple enserrant complètement ton pénis. Pas très poétique. Non. Mais si tu fermes les yeux, le résultat est stupéfiant. Tu as vraiment le sentiment d'être à l'intérieur d'un véritable vagin dont tu peux d'ailleurs régler l'étroitesse, la profondeur et la lubrification. Comment. Avec ces trois petites molettes. Si je peux me permettre. La vendeuse s'était penchée sur moi. Elle réglait les molettes. J'ai respiré sa peau. Une odeur d'étable, de pis juteux et de poils chauds. De litière aussi. Assez excitante. Voilà. Alors. Oui c'est mieux. Je peux vous faire essayer un modèle supérieur si vous le souhaitez. Pourquoi pas. Elle a quitté la cabine. Et Demange. Ma femme se massait désormais les fesses. Il aurait pu disparaître dans un trou qu'il l'aurait fait. Et cet autre modèle. Incroyable. Plus soyeux. Avec humidificateur et diffuseur de parfum. Il épouse les formes de la verge et réagit en fonction du relief détecté et de la chaleur du membre pour configurer de nouvelles données et amener l'utilisateur au plus haut degré de plaisir. Ce modèle est allemand. L'usine est basée en Saxe. Il est un concentré de nanotechnologies piloté par une micro-puce placée sous le clitoris virtuel. Où est le clitoris. C'est ce petit voyant rouge. Le design n'est peut-être pas son atout mais sa fiabilité est à toute épreuve, même dans les conditions les plus difficiles. Par exemple. La vendeuse m'a souri d'un air entendu. Si vous prêtez le vagin artificiel à une quinzaine de vos amis lors d'une soirée. Vous ne connaîtrez aucune surchauffe. Encore moins de panne comme cela arrive parfois avec des modèles taïwanais. Tu l'as essayé aussi. Oui. Alors. Réponds. Je n'ose pas te le dire. Mais dis. Vas-y. Le coup de foudre. Ah. Oui. Je crois que je suis tombé amoureux mais il coûte une fortune. Que comptes-tu faire. L'acheter à deux. Avec Demange. Bonne idée. Et puis j'irai vivre chez lui si tu n'y vois pas d'inconvénient. Il est bête mais gentil. Je pourrai en profiter tous les jours. Fais comme tu le sens. Ma femme désormais se brossait les dents. Brognard l'attendait dans notre lit. Il lisait un magazine de pêche au gros. On était mardi. C'était son jour. Salut Brognard. Salut. Quoi de neuf. Rien. Je vous l'emballe. La vendeuse nous souriait. Elle ressemblait parfaitement à une vache. Non. Pas la peine. C'est Demange qui s'était lancé. Il était écarlate. Il n'en pouvait plus. C'est pour consommer tout de suite.

XXII

Suicide assisté

Hier soir Turpon du service expédition nous a invités pour son suicide. Nous étions une vingtaine. Rien que des intimes. Sa femme avait préparé des canapés au tarama. Ou à la mousse de crevettes. Difficile de distinguer. Même couleur. Même texture. La mienne avait mis sa robe saumon. Voilà un moment que Turpon veut en finir. Il en parle sans cesse, même en réunion. À la cantine aussi. Il a presque réussi à faire le vide autour de lui. Plus personne ne mange à sa table. C'est fatigant un suicidaire. Ça raconte toujours la même chose. C'est Dupond qui a fini par lui donner le coup de pouce. Tu n'es qu'un lâche Turpon. Tu n'as pas les couilles. Je n'ai pas les couilles. Non tu n'as pas les couilles. Tu parles mais tu ne le feras jamais. Ah tu crois que je ne le

ferai jamais. Non tu ne le feras jamais. La scène
se passait sur le parking de l'Entreprise. Un vent
mesquin agitait des brassées de feuilles mortes
qui voletaient autour de Turpon et de Dupond
face à face. On était un peu en automne. C'était
très beau. Une scène de film ou de roman. Trois
jours plus tard nous recevions une invitation :
*M. Roger Turpon et Mme seraient heureux de
vous compter parmi leurs invités pour assister au
suicide de Roger le samedi 14 à vingt heures.
Tenue de cocktail exigée. Ni fleurs ni couronnes.*
Suivait l'adresse. Un pavillon dans un nouveau
secteur en développement au milieu de champs
de maïs. Lotissement du Gai Matin. Un endroit
boueux. Contemporain. Doucement menteur.
Entrez entrez. La future veuve du futur suicidé
nous a ouvert la porte avec un grand sourire.
Elle semblait physiologiquement détendue. Nous
sommes les premiers. Pas du tout. En fait vous
êtes les derniers. On n'attendait plus que vous. Je
vous sers quelque chose. Ma femme s'est extasiée
sur l'intérieur coquet. Je me suis approché de
Durand qui parlait avec Leroux. J'apercevais
Turpon au fond du salon. Il était assis dans un
fauteuil. Il tenait un verre à la main et discutait
avec Legros, sous le regard de Bonnet et de Brognard. Dupond déambulait comme s'il était chez
lui en tenant à bout de bras les plateaux de cana-

pés. À quoi sont-ils. Tarama ou mousse de crevettes. Je ne sais pas trop. Les épouses des uns et
des autres papotaient dans les angles. Baléares et
power plate. Une bossa-nova languide et veloutée
s'échappait de profondes enceintes. Legros et
Bonnet sont venus vers moi. Alors. Alors on ne
sait pas. Il a sans doute choisi depuis longtemps
mais il n'en a rien dit. Suspens. Tu parles. Turpon n'est pas Hitchcock. On sait comment ça va
finir. Nous avons ri tous les trois. Il boit beaucoup. C'est son cinquième bourbon. Ce n'est pas
très bon dans ces circonstances. Tout dépend.
Alcool plus médicaments peut-être. Pas bête.
Oui pas bête. La femme de Turpon dont je ne
parvenais pas à retrouver le prénom s'est alors
placée au centre de la pièce. Elle s'est éclairci la
voix. Elle portait une robe bleue assez courte et
joliment décolletée. Les discussions ont cessé.
Seule la bossa-nova continuait. Merci d'être là
pour Roger ce soir. Rassurez-vous je ne ferai pas
un long discours. Petits rires. Les actes valent
mieux que toutes les paroles. Bruissement. Turpon a décidé de quitter la vie. C'est ainsi. Je respecte son choix. Il est têtu vous le connaissez.
Une pioche. Et quand il a une idée dans le crâne.
Restait le mode. Nous en avons parlé ensemble.
Longuement. Les armes à feu sont bruyantes et
les enfants dorment à l'étage. Il ne saurait être

question de les traumatiser. Se trancher les veines peut être long et salissant, et Turpon ne veut pas vous imposer la vue du sang. De plus la moquette est neuve. Triples boucles. Tissé norvégien. Passez la main dessus. Ne vous gênez pas. Vous pourrez admirer la qualité. Restaient les médicaments mais nous ne parvenons plus à remettre la main sur le stock de somnifères et d'anxiolytiques que nous avions constitué depuis des mois. J'ai toujours été tête en l'air. Turpon avait une voix lente, magmatique et pâteuse. Rires. Justement, vous l'aurez peut-être compris : Roger vient d'y faire allusion. Il a choisi de se pendre. Applaudissements. Roger s'il te plaît, je crois qu'il est l'heure. Dupond s'est avancé et a donné à la femme de Turpon une corde en nylon blanc du diamètre d'un gros pouce. Legros s'est étonné de cette complicité. Je ne savais pas qu'ils se connaissaient. Tu vois. Tu penses qu'il se la tape. Possible. La femme de Turpon a lancé la corde autour de la poutre centrale en chêne qui sépare le plafond du salon en deux parties. Elle a réussi du premier coup. Admiration. Dupond a confectionné un nœud coulant. En deux secondes. Un spécialiste. Ma femme qui ne peut s'empêcher d'aider a fait glisser une chaise en dessous. Turpon regardait cela d'un air absent. Pas absent, concentré. Bonnet chérit la précision des mots. Il a sifflé son verre et a tenté de se lever mais s'est effondré aussitôt. Il a fallu que Leroux et Legros le prennent sous les épaules et l'aident à marcher jusqu'au centre de la pièce. Veux-tu dire quelques mots. Oui. Vas-y. Dans quelques minutes il sera trop tard. Des rires ont salué les propos pleins d'esprit de l'épouse courageuse. Plus envie. Turpon faisait non de la tête. Comment ça plus envie. Plus envie de me suicider. La bossa-nova a paru soudain ralentir son rythme. Non plus envie. Tu ne peux pas nous faire cela. Tes amis sont venus exprès. Tout cela a coûté bonbon. On est là depuis deux heures. À faire semblant. Semblant de quoi. Un peu de courage Turpon. Dupond prenait les choses en main. Tu es un chieur. Petite bite. Couille molle. Gland fripé. Je l'avais bien dit. Pas assez de jus. Une fiotte. Dupond semblait furieux. Tu n'as pas le droit. La femme de Turpon s'énervait. Tu vas gâcher la fête et tu nous ridiculises. Plus envie. Que vont penser les enfants. M'en fous des enfants. Enfin, Turpon, sois raisonnable. C'est une soirée suicide oui ou non. Fournier paraissait amer comme s'il s'était fait rouler. On avait tous mieux à faire. Il y avait la décapitation d'un Tzigane au stade municipal. Ma femme se vengeait sur les canapés. Tarama ou crevettes. Plus envie je vous dis. Turpon pleurnichait. J'ai senti

111

monter dans l'assemblée une hostilité poisseuse. Plus envie du tout. Nous allons t'aider. Dupond s'est jeté sur lui pour le ceinturer. Aussitôt Legros a enserré ses chevilles, Bonnet lui a fait une clé au cou, Dubois l'a soulevé de terre et j'ai serré fortement ses jambes tandis que Brognard lui cisaillait la taille. Turpon s'est mis à hurler comme un sauvage. Tais-toi. Pense aux enfants. Sa femme lui a mis la corde au cou. Ta gueule. Dupond a enfoncé dans la bouche du futur mort une dizaine de serviettes en papier à motifs de guirlandes et de boules de Noël dont certaines, usagées, étaient maculées de tarama. Ou de mousse de crevettes. Fumier. Enculé de faux sui-cidaire. Turpon essayait de se débattre en coui-nant mais nous avons tout de même réussi à le hisser sur la chaise. Crevure. Puis tous en chœur hommes et femmes nous avons énuméré le compte à rebours sur l'air des lampions. Salaud. Cinq. Quatre. Trois. Deux. Fumier. Un. Zéro. Ordure. Qui a mis le coup de pied dans la chaise. Je ne sais plus. J'étais un peu loin. Mal placée. Dommage. C'était bien tout de même. Tu as vu comme il a gigoté. Nous étions en voiture avec ma femme. Sur le chemin du retour. Je rou-lais suavement. Nous n'avions aucun but. Ça avait été malgré tout une bonne soirée. Et cette langue. Oui. Quelle langue. Je n'aurais jamais pensé que nous avions une langue aussi grosse. Les êtres humains sont vraiment étonnants. Tu as raison. Ça dure longtemps une pendaison. Trois ou quatre minutes. Ça m'a paru plus long. Oui mais c'est beau. On a le temps de se voir mourir. Tu as vu comment il nous regardait. Arrête d'être sentimental. Violet. Oui. Turpon se balançait au rythme de la bossa-nova. Ses jambes avaient donné des coups de pied dans le vide et puis plus rien. Il était résolument suicidé. Yeux exorbités. Géométriques. Ailleurs. Langue pendante. Marbrée. Gigantesque. Serviettes recrachées. Il y a eu des applaudissements que nous avons forcés afin qu'ils masquent les obscènes gargouillis intestinaux. Turpon se relâchait. Manquait un léger feu d'artifice. Sa femme nous a encore une fois remerciés d'être venus. Elle avait la larme à l'œil. Il reste des canapés. Qui en veut. Je vous en prie. Tout doit disparaître. Vous voulez qu'on vous le dépende. Legros est toujours serviable. Non. Laissez-le comme cela. Il ne dérange plus personne. Et puis il faut que les enfants le voient demain matin. C'est important pour eux. Le travail du deuil. Le psychologue l'a répété. Bien sûr. Bonsoir mes amis. Je peux vous aider à débarrasser tout de même Suzette. C'est gentil Dupond. Je ne dis pas non. Elle s'appelle Suzette. Et tu as remarqué il l'appelle Suzette.

Oui. Suzette. Un nom de crêpe. Prête à être sautée. Très drôle. Oui. En regardant ses seins. Et son cul. Tu crois qu'il la baise. Je ne sais pas. Une veuve. Sans doute. Ça doit être doux une veuve. Les seins d'une veuve, lourds et chauds. Fluide. Tu sens comme il fait bon. Oui. En tout cas il est resté quand tout le monde est parti. Où es-tu garé. Un peu plus loin. À demain Legros. À demain. Pas de vent. Aucun nuage. Les étoiles paraissaient vibrer. Ma femme s'est éloignée pour uriner derrière une rangée de maïs. Je l'ai écoutée. Tu regardes le ciel. Leroux s'était approché de moi. Oui. Pourquoi. On ne sait jamais. On ne sait jamais quoi. Je n'en sais rien. Leroux a levé la tête. On était deux désormais à regarder le ciel. On entendait ma femme se soulager, petit ruisseau insignifiant. Tu as aimé les canapés à la mousse de crevettes. C'était au tarama. Ah bon. Paraît-il. Rappelle-moi déjà c'est quoi le tarama. Je ne sais plus. Des œufs que l'on broie. La vie que l'on tue. Une vie de poisson. Des milliers de vies de poissons. Écrasées. Tuées dans l'œuf. Non. Quoi. Pas tuées dans l'œuf puisque c'est l'œuf qu'on écrase. Si tu veux. Leroux est un chipoteur. Ça avait pourtant un goût de mousse de crevettes non. Oui. Remarque. Quoi. Rien. Bonne nuit. Oui bonne nuit. Leroux a disparu dans l'obscurité chaude. Mon Dieu que ça fait du bien. Ma femme me rejoignait en remontant sa culotte. Je crois que je suis heureux. N'as-tu pas honte de dire ces mots du bonheur. Comment cela. Le soir même de la mort de Turpon. Turpon est mort, pas possible. Tu l'as déjà oublié. Mais comment. Un suicide. On était là. Non. La vache. Turpon est mort. Sans profiter de la vie. Des bonheurs de l'existence. Du tarama. Des étoiles. De sa femme. Oui. C'est si court mon Dieu. Turpon tu dis. Turpon. On le connaissait bien. Un peu quand même. Ça ne me dit rien. Turpon. Un de tes collègues. Turpon. Souviens pas.

XXIII

Le *vivre ensemble*

Hier un automobiliste nous a fait un doigt.
Nous le lui avons coupé. Nous ne supportons
pas les incivilités. C'est agaçant. Dubois a toujours quelques outils dans son coffre. On ne sait
jamais. Pince multiprise. Cric. Chaînes à neige
mais il ne neige désormais que rarement. Le
réchauffement climatique n'est finalement pas
un canular. C'est dommage. On aurait pu enfin
rire. Pourquoi nous avoir fait un doigt monsieur.
L'homme était à terre. Il avait perdu la hargne
arrogante qui déformait son visage quand il nous
avait dépassés et insultés en klaxonnant parce
que nous respections la limitation de vitesse.
Nous l'avions de nouveau doublé et stoppé grâce
à une banale queue de poisson. Les grands clas-
siques. Inusables. Dubois est un as du volant. Il

aurait pu être pilote de course. Il a préféré les statistiques. Nous étions trois. Dubois, Morel et moi. L'homme était seul. Les lâches sont souvent seuls. Pourquoi nous avoir fait un doigt monsieur. Nous l'avons sorti de sa voiture après avoir brisé les vitres avec le cric. Il avait du mal à parler. Peut-être la peur. Il était jeune. Barbu. Arabe évidemment. Il y en a partout. De banlieue sans doute. Ces gens aiment vivre dans des quartiers inesthétiques. Inconfortables. Je n'ai jamais compris pourquoi. Comment peut-on aimer la laideur. On vit si bien dans de gracieux pavillons. Spacieux. Carrelés. Sans doute la voiture était-elle volée. C'est un de leurs passe-temps. Ou achetée au prix d'un long crédit qu'il ne pourrait jamais rembourser en raison de son faible salaire de vigile dans une grande surface ou d'employé intérimaire d'une échoppe de téléphonie mobile. À moins qu'il ne tienne un kebab. Ou un salon de barbier. Un modèle allemand. Vieux de dix ans. Une misère rouillée. Diesel. Les Allemandes vieillissent très mal et deviennent rapidement vulgaires. Femmes et voitures. Pourquoi nous avoir fait un doigt monsieur. La vie est si courte. Aucune réponse. Dubois a commencé à s'énerver. Il est sous pression en raison de sinueuses négociations avec les Coréens. Un peuple rigide. Obtus. Pointilleux.

Pire que les Chinois. Mais dont on apprécie la propreté et les nouilles de riz. Morel a tenté de le calmer. Il me semble qu'il ne peut plus parler. Regarde sa bouche. Je n'avais pas pensé avoir tapé fort avec une des chaînes à neige mais le résultat était cocasse. L'Arabe n'avait plus de lèvres. Il lui restait tout de même trois ou quatre dents et un morceau de langue. J'avais encore la chaîne à la main. Je l'ai regardée avec un étonnement admiratif. Fabrication suédoise. Trempée à froid. Le peuple du sauna, du père Noël et des élans. Des connaisseurs. Je m'excuse. Tu n'as pas à t'excuser. Attendez. Dubois est reparti vers le coffre de sa voiture. Anglaise. Délicate. Élégante. De belles courbes. Capricieuse. Un peu sale. Il est revenu avec la pince. A saisi la main de l'Arabe. Et hop un doigt. Un. Celui qu'il nous avait brandi. Le majeur est tombé d'un coup. L'Arabe a hurlé. Eh bien vous voyez que vous pouvez parler quand vous le voulez. Alors. Pourquoi nous avoir fait un doigt monsieur. Il a tenté de prononcer quelque chose. Qu'est-ce qu'il dit. Rien compris. Articulez je vous prie. Il a repris en hurlant, bavant un sang mousseux. Amarante. Toujours incompréhensible. Quand on veut vivre dans un pays il faut en maîtriser la langue et en respecter les coutumes. Vous avez vu il pleure. Oui. Incroyable. Il nous ressemble

un peu alors. N'exagérons rien. Morel a pris
la pince des mains de Dubois. Attendez. Il va
avoir quelques raisons de pleurer pour de bon.
Morel a coupé le petit doigt, l'annulaire, l'index
et a laissé le pouce. Un travail efficace et rapide.
On croirait que tu as fait cela toute ta vie. Pas
vraiment mais j'apprends vite. C'est tout con.
Vas-y. Non je t'en prie. Mais vas-y. Tu verras c'est
incroyablement facile. Morel n'avait pas tort. En
un simple et unique coup de pince, hop, je suis
parvenu à sectionner le pouce de notre agres-
seur. Pourtant je ne suis pas un manuel. Je n'aurais jamais pensé que nos doigts tenaient si peu à
nos mains. Les salopards. Quand on y songe, en
prendre autant soin et n'être pas payé en retour.
Vous avez remarqué combien c'est étrange une
main sans doigts. On dirait un arbre fruitier
coupé juste au-dessus du point de greffe. Morel
est parfois contemplatif. De plus il possède un
verger. Si tu le dis. Qu'est-ce qu'on fait de lui.
Rien. S'il avait été un pommier, je lui aurais
appliqué du mastic cicatrisant. C'est très efficace.
Mais ce n'est pas un arbre. Non. Je crois qu'il a
compris. Qu'il ne recommencera plus. N'est-ce
pas que vous ne recommencerez plus monsieur.
Monsieur. Monsieur. Aucune réponse. Il nous
fait la tête. Je déteste l'ingratitude. Laisse. Et la
voiture. La voiture. On la brûle. Ah. Les amis

de monsieur font cela souvent. Pour se distraire. Dubois est retourné vers son coffre. Petit jerrican de secours. On n'est jamais trop prudent. Il a arrosé la vieille Allemande. L'Arabe s'est éloigné vers le fossé en rampant. Il couinait. Sa main orpheline de ses doigts laissait une longue trace rouge sur la chaussée. C'était très beau. Comme une peinture contemporaine incompréhensible et hors de prix. Dubois a lancé une allumette. La voiture s'est embrasée aussitôt. Une torche géante. Nous l'avons admirée pendant quelques minutes. Au fait quelle heure est-il. Neuf heures vingt-trois. Bon sang les Coréens. Mon Dieu les Coréens. Nous avions totalement oublié les Coréens. Grâce à un Arabe. C'est cocasse. Belle parabole. Un effet positif de la mondialisation. Un de plus. Tu l'as dit.

XXIV

Discrimination positive

Cela ne peut plus durer. Nous allons droit dans le mur. Nous ne pensons qu'à nous-mêmes, qu'à nos pavillons, nos barbecues du samedi, nos placements défiscalisés, nos SUV, nos soins du visage. Notre société n'en est plus une. Nous sommes des îlots posés côte à côte. Nous vivons barricadés. Nous ne regardons pas les autres. Nous ne regardons pas l'Autre. Tu peux éteindre. Je te parle de choses sérieuses. J'ai sommeil. Je te parle de notre monde. Il est tard. Je te parle de nous. Ma femme bâillait. Ostensiblement. C'est étrange un être humain qui bâille. Même quand il s'agit de notre femme. On songe toujours à l'hippopotame. Sa large gueule humide. Son existence indolente. Son corps chaud oint de vase. Alors vas-y. Vas-y quoi. Tu voulais me parler de l'Autre. Elle avait croisé ses coudes sur ses seins fraîchement rénovés. Nous devons accueillir l'Autre. Celui qui est différent. Celui qui n'est pas nous. Nous devons le traiter comme un frère. L'inviter chez nous. Nous ne disposons que de deux cents mètres carrés pour deux. Je te parle d'un chez-nous symbolique. Tu m'as fait peur. L'Entreprise a ouvert la voie. C'est-à-dire. L'Autre n'y était pas assez représenté. Nous nous ressemblons trop : Legros, Brognard, Morel, Dupond, Lepoutre, Fournier, Durand, Guichard. Tous semblables. Je suis heureuse de te l'entendre dire. Tu avais raison. Quoique Lepoutre. Quoi Lepoutre. Lepoutre est différent. Lepoutre. Il est plus profond. Plus profond Lepoutre. Oui. Et nous autres sommes des idiots. Mais non. Quoi alors. Je n'ai jamais pu sodomiser aucun d'entre vous avec le sex-toy XXL que tu m'as offert l'an passé pour la fête des Mères. Sauf Lepoutre. Et il y avait encore de la marge. Ma femme est parfois très premier degré. Tu me rassures. Tu me parlais de l'Entreprise. L'Entreprise une fois encore a montré le chemin. Comme Dieu jadis. Absolument. L'Entreprise se doit d'intégrer les minorités. L'Autre. Oui. L'Autre appartient toujours à une minorité. En ce cas ce n'est pas vraiment un autre. Comment cela. C'est un sous-autre. Tu crois. Ma femme parfois pense. C'est perturbant. Heureusement cela ne dure jamais. Quelles minorités. Les gens de couleur. Les handicapés. Les femmes. Les femmes ne sont pas une minorité. Dans l'Entreprise si. Nous ne sommes que des hommes. Pas tout à fait. Comment cela. Où classez-vous celui dont le sexe a disparu. Bredin. Oui Bredin. Bredin s'est fait opérer. Il s'est fait poser une prothèse pénienne. Non un vagin bionique. Donc c'est une femme. Elle a été licenciée. À cause de cela. Pas officiellement. Tenue non adaptée. Bredin venait en jupe et chemisier. C'est gênant. Dangereux. Tout le monde s'était mis à tourner autour de Bredin. Elle était pourtant totalement insignifiante quand elle était il. Oui. Comme quoi. Et ces minorités disais-tu. Les accueillir. Je croyais que vous étiez dans une logique de compression de personnel. Nous avons été accueillants tout en compressant. Le personnel. Les minorités. Je ne comprends pas. Elle s'appelle Ségolène. C'est une Trois-en-un. Explique. C'est le nom que nous lui avons donné. Elle est noire. Tétraplégique. Et femme. Accessoirement naine mais le nanisme ne rapporte hélas aucun point. Trois minorités pour un seul poste. Grâce à elle nous allions l'ergonomie, la réduction de personnel et l'engagement citoyen. Bravo. Ma femme bâillait de plus en plus. Nous visons la norme ISO 2004563. Et vous pensez recruter une autre Trois-en-un. Impossible. L'effort serait trop gros pour l'Entreprise. Il faut savoir rester prudent en ces temps d'incertitude boursière et de volatilité des marchés. Tu t'intéresses à la poésie maintenant. Non, à l'économie. Ah. Dors. Nous nous sommes embrassés et souhaité bonne nuit. Je m'apprêtais à fermer mes paupières dans un monde plus juste et rendu plus humain. Grâce à nous. Grâce à l'Entreprise. Grâce à nos penchants altruistes qu'il suffit de faire éclore. Et quelle sera sa fonction. Ma femme ne parvenait plus à trouver le sommeil. À qui. À votre Trois-en-un. De fonctionner. Simplement de fonctionner. C'est déjà bien non. Nous lui avons montré le chemin. À elle de se prendre en mains et de foncer. Se prendre en mains et foncer mais tu ne m'as pas dit que. Que quoi. Qu'elle était. Qu'elle était quoi. Je ne sais plus. J'éteins. Éteins.

XXV

Le sens de la vie

Nous invitons parfois à la maison des philosophes que nous trouvons dans la rue, sous des porches, recroquevillés en boule comme de vieux papiers usagés. Fumet de crasse et de jeune fille sale. Dans leurs cheveux se mêlent des souvenirs de gaz d'échappement et d'antiques miettes de pain. Le plus souvent ils sont édentés et leurs mâchoires roses les font paraître de très vieux enfants. Ma femme ne les aime guère mais tolère mes caprices. Expliquez-moi la vie. Expliquez-moi la mort. Le bleu du ciel. Le désir. Les rêves. Dieu. La souplesse des peaux. Et l'ennui. Surtout l'ennui. Expliquez-nous l'ennui. Les philosophes nous regardent. Ils se taisent. Ils ne parlent pas la bouche pleine. Nous les nourrissons de plats surgelés que nous réchauffons dans le four à micro-ondes. Colin sauce dieppoise. Lasagnes à la viande de cheval. Cordon-bleu. Périmés depuis plusieurs semaines mais que nous gardons pour eux. Ils n'y trouvent rien à redire. Les philosophes ont un rapport particulier avec le temps. La péremption. Et la nourriture. Ils mâchent longuement. Avalent leur petit verre de vin ordinaire avec rapidité comme si on allait le leur retirer sans prévenir. Bruits de succion. Alors. Nous attendons vos réponses. Legros commence à s'ennuyer. Ma femme bâille. Dubois s'énerve. Alors. Les philosophes demandent du dessert. Après. Après vos réponses. Vous ne pensez tout de même pas que nous allons vous proposer un repas complet sans contrepartie. Tout se paie dans la vie. Nous sommes des êtres de passage. Pardon. Nous sommes des êtres de passage. La plupart de nos problèmes viennent de là. Nous refusons notre condition transitoire. Nous faisons comme si la vie était une étendue que nous pouvons démesurément agrandir et comme si notre corps devenait le lieu immense et unique. Jamais nous n'envisageons réellement notre présence comme un infime incident biologique, négligeable et somme toute grotesque dans le cycle des émergences et des disparitions. Nous hésitons entre le rire et les larmes, refusant l'abattement et la consternation qui seuls pourtant seraient en mesure de signifier notre insignifiance. Nous avons inventé l'amour faute de mieux et parce qu'il faut bien faire quelque chose. Nous avons inventé Dieu pour nous sentir moins seuls, parce que nous rêvions d'un maître, puis nous avons fini par le trouver inutile et encombrant, laid, puant. Nous en avons fait de petits morceaux, des confettis incolores que nous avons lancés dans le vide de nos siestes. Nous sommes nus sur le rocher mais le rocher lui-même n'est qu'une projection de notre prétention à trouver un appui. Le rocher n'existe pas. Le rocher est mental. Pourrais-je avoir un yaourt maintenant. Ou une pâte de fruits. Un carré de chocolat. Un morceau de sucre. N'importe quoi d'un peu sucré. J'aime le sucre. Il me console. Qu'entendez-vous par le rocher est mental. Et mon dessert. Après. Après le rocher. Il m'assomme. Je monte me coucher. Bonne nuit chérie. J'accompagne ta femme. Dubois est toujours serviable. Ma femme ne dit pas non. Ce qui fait notre joie fait aussi notre souffrance. Nous pensons. Nous créons les conditions de notre consolation ainsi que celles de nos tourments. Nous remplissons le vide tout en le soulignant. Ainsi pour le rocher. Je ne comprends toujours rien. C'est pourtant simple. Pourrais-je avoir mon yaourt. Non. Parfois Legros est brutal. Je reprends. Sur quoi êtes-vous assis. Une chaise. Cette chaise n'existe que parce que vous l'avez décidé. Si vous niez la chaise, que reste-t-il. Je ne sais pas. Voilà. Voilà quoi. Vous y êtes. Vous êtes parvenu à exprimer le rocher mental qui est précisément inscrit dans votre aveu de ne pas savoir sur quoi vous êtes assis. Donne-lui son dessert. Tu crois. Oui qu'on en finisse il me donne mal à la tête et tout cela ne mène à rien. Le silence de nouveau. Nous regardons le philosophe dévorer son yaourt. Vous n'en auriez pas un autre. Ne pensez-vous pas que vous abusez un peu. Vous ne nous avez pas aidés. Vous ne nous avez fourni aucune réponse. Ce n'est pas mon rôle. Je n'existe que pour poser des questions. Vous ne servez donc à rien puisque nous nous les posons déjà nous-mêmes. Pas celles-là. Je vous en ai fourni de nouvelles. La belle affaire. Nous sommes encore plus désemparés désormais. C'est la vie. La vie humaine. Mais nous en avons assez d'être humains. Je peux vous donner un conseil. Allez-y. Quand vous quitterez la vie, n'oubliez pas d'éteindre la lumière. C'est un conseil ça. Oui. Dubois redescend l'escalier. Où en êtes-vous. Nulle part. La philosophie mène à une impasse. Et toi. Je suis vidé. Ta femme n'est pas si fatiguée qu'elle le prétendait. Elle est insatiable. J'abandonne. Elle demande Legros maintenant. Vas-y. Tu es sûr. Mais oui vas-y. Et moi. Le philosophe espère. Il a un peu de hachis au coin des lèvres. De la purée de pommes de terre. Sa barbe sale lui donne l'allure d'une pelouse de parc public mal entretenue, éreintée, vers la fin d'un mois d'août gris et caniculaire. Cela fait tellement longtemps. J'ai encore parfois des érections mais je ne sais pas quoi en faire. Nous autres vivons toujours seuls. Je ne me souviens plus de la douceur du sexe des femmes quand on s'y glisse. Dubois regarde Legros qui me regarde puis tous trois nous regardons le philosophe qui attend. C'est qu'il voudrait se taper ma femme le salaud. Nous l'attrapons par le col graisseux de sa veste et le jetons dans la rue. Il vole de façon brève dans les airs puis s'écrase sur la chaussée. Une chaussée qui ne semble pas mentale. Une chaussée résolument réelle. Il se met à saigner du nez. Nous rions fort et refermons la porte. Nous nous lavons les mains. Débarrassons la table. Ma femme a pointé sa fesse en haut de l'escalier. J'arrive. Legros se décide. Brave Legros. Diplomatique. Urbain. Éduqué. Dubois et moi attaquons la vaisselle en sifflotant. Parfois des gestes simples nous contentent : faire la vaisselle. Tondre une pelouse. Peindre une porte. Feindre de respirer.

La vie devient supportable quand on la feinte.

Enfin presque.

Philippe Claudel et les éditions Stock remercient chaleureusement la Succession Édouard Levé, la galerie Loevenbruck et Nicolas Chaudun.

Récits

Le Bruit des trousseaux, Stock, 2002

Carnets cubains, Librairies Initiales, 2002 (hors commerce)

Nos si proches orients, National Geographic, 2002

Trois nuits au palais Farnese, Éditions Nicolas Chaudun, 2005

Ombellifères, sur des dessins d'Émile Gallé, Circa 1924, 2006

Quartier, avec des photographies de Richard Bato, La Dragonne, 2007

Chronique monégasque, collection « Folio Senso », Gallimard, 2008

Petite fabrique des rêves et des réalités, avec des photographies de Karine Arlot, Stock, 2008

Le Cuvier de Jasnières, avec des photographies de Jean-Bernard Métais, Éditions Nicolas Chaudun, 2010

Parfums, Stock, 2012

Autoportrait en miettes, Éditions Nicolas Chaudun, 2012

Jean-Bark, Stock, 2013

Rambétant, avec des photographies de Jean-Charles Wolfarth, Circa 1924, 2014

Inventaire, avec des photographies d'Arno Paul, Light Motiv, 2015

De quelques amoureux des livres, Finitude, 2015

Au tout début, Æncrages & Co, 2016

Higher Ground, avec des photographies de Carl de Keyzer, Éditions Lannoo, 2016

Documents

Le Lieu essentiel. Entretiens avec Fabrice Lardreau, Arthaud, 2018

Nouvelles

Barrio Flores, avec des photographies de Jean-Michel Marchetti, La Dragonne, 2000
Pour Richard Bato, collection «Visible-Invisible», Æncrages & Co, 2001
La Mort dans le paysage, avec une composition originale de Nicolas Matula, Æncrages & Co, 2002
Mirhaela, avec des photographies de Richard Bato, Æncrages & Co, 2002
Les Petites Mécaniques, Mercure de France, 2003
Trois petites histoires de jouets, Éditions Virgile, 2004
Fictions intimes, sur des photographies de Laure Vasconi, Filigrane Éditions, 2006
Le Monde sans les enfants et autres histoires, illustrations de Pierre Koppe, Stock, 2006

Théâtre

Parle-moi d'amour, Stock, 2008
Le Paquet, Stock, 2010

Poésie

Tomber de rideau, sur des illustrations de Gabriel
   Belgeonne, Jean Delvaux et Johannes Strugalla,
   Æncrages & Co, 2009
Quelques fins du monde, avec des illustrations de Joël
   Leick, Æncrages & Co, 2009
Triple A, avec des illustrations de Joël Frémiot, Le
   Livre pauvre, 2011

Le Livre de Poche s'engage pour
l'environnement en réduisant
l'empreinte carbone de ses livres.
Celle de cet exemplaire est de :
150 g éq. CO$_2$
Rendez-vous sur
www.livredepoche-durable.fr

PAPIER À BASE DE
FIBRES CERTIFIÉES

Composition réalisée par MAURY-IMPRIMEUR

Imprimé en France par CPI
en octobre 2018
N° d'impression : 3030506
Dépôt légal 1ʳᵉ publication : novembre 2018
LIBRAIRIE GÉNÉRALE FRANÇAISE
21, rue du Montparnasse - 75298 Paris Cedex 06